떠도는 몸들

떠도는 몸들

조 정 권 시 집

창비

차 례

저물 무렵

숲속 오래된 연못 소리 하나 없고
젖은 흙 위를 굴러다닌 막새기와
소매로 닦아주며 안아본다.
늦가을 솔방울 하나 기척을 하네.

식물원에서

손에 쥐가 나듯
방송원고를 이십년간 써댄
마누라 팔을 데리고 가 식물학자한테 보여준다.

시 쓰다 말고 잠시 한눈판 이 손도 슬쩍 보여준다.

겨울나무들 영양제 꽂고 살고 있다.

죄송스런 이 손 식물원에 입원시킬까.

피로회복차 소주잔 들었던 이 손,
무거운 몸뚱이도 같이 들어올렸던
이 손, 마당에 내려놓고 싶다.

안구(眼球)나 신장 따위 없는 겨울나무들
산소호흡기 매달고 사는 겨울나무들.
공중에 주렁주렁 매달려 살고 있다.

시 쓰던 팔 내려놓을 곳,
눈 둘 바를 모르고, 멀뚱히 뜨고 있는
안구 기증할 곳이 보이지 않는다.

도곡리의 주검노래

불가마에서 꺼내 마당으로 내다놓은 도자기들이
불기가 그리워 겨울밤에 트기 시작한다
살빛 속에 그려넣은 연한 꽃봉오리 빛깔도
하루종일 한천(寒天)을 몸뚱어리에 새기다가 조이다가
귀퉁이들을 조금씩 터뜨리기 시작한다
한밤에는 개울 얼음장처럼 제 몸을 깨고 있다 그 소리
듣고 있으면
어떤 놈은 골방 그믐달을 송곳으로 몸속에 파넣다가
작파해버리는 거 같고
어떤 놈은 불기 없는 세상에서 눈 부릅뜨고 굶어죽는
거 같다
이른 새벽 세숫대야 동파돼 있다 부엌식칼도 동파돼
있다
산도 마을도 동파되어 있다

이 끓는 담요 같은 몸 싸들고 여기 더 견뎌야겠다
저 아래

혼자 밥 차려 먹고 있는 아이를 보듯 늘 늦은 마음
누군가 나 때문에 평생 마음 얼리며 살고 있는 곳
더 얼릴 수밖에

내 달리 궁리해보아도 내 몸처럼 싸안고 있는 건
저 쩍쩍 얼음장 깨뜨리고 있는 북한강 쇠바닥뿐

같이 살고 싶은 길

1

일년 중 한 일주일에서 열흘 정도, 혼자 단풍 드는 길
더디더디 들지만 찬비 떨어지면 붉은빛 지워지는 길
아니 지워버리는 길
그런 길 하나 저녁나절 데리고 살고 싶다

늦가을 청평쯤에서 가평으로 차 몰고 가다 바람 세워
놓고
물어본 길
목적지 없이 들어가본 외길
땅에 흘러다니는 단풍잎들만 길 쓸고 있는 길

일년 내내 숨어 있다가 한 열흘쯤 사람들한테 들키
는 길
그런 길 하나 늙그막에 데리고 같이 살아주고 싶다

2

　이 겨울 흰 붓을 쥐고 청평으로 가서 마을도 지우고 길
들도 지우고
　북한강의 나무들도 지우고
　김나는 연통 서너 개만 남겨놓고
　온종일
　마을과
　언 강과
　낙엽 쌓인 숲을 지운다.
　그러나 내가 지우지 못하는 길이 있다.
　약간은 구형인 승용차 바퀏자국과
　이제 어느정도 마음이 늙어버린
　남자와 여자가 걷다가 걷다가 더 가지 않고 온 길이다

광릉숲

1

광릉숲 갔다 초저녁 제비꽃들이 하늘에 게보린처럼 떠
있었다

2

광릉숲 갔다 하늘이 배춧잎처럼, 배추줄기처럼 살아
있었다

3

광릉숲 갔다 비 그친 숲속 명주실오라기 같은 비의 자
취를 좇고 있는 도마뱀에게 노루귀가 뛰어들었다 흙으로
변해가는 썩은 나무 밑둥치에서 약초 냄새가 창궐하고 있

었다

4

광릉숲 또 갔다
냇가엔 게보린 같은 별들이 내려와 있었고
하늘엔 배추줄기 같은 색깔이 살아 있었다
젖은 덤불 속에서 얼굴 헹군
산나리꽃이 뜨겁게 달겨들었다

그대에게 이런 걸 몇재 지어보내드리고 싶었다

시수헌(詩瘦軒) 노트

1

이 가을도 이제 안식년에 안락사하는가
한지 위에 사과 다 내려놓은 사과나무의 저 팔을 보니

2

요즘 사전 펴놓고 들쳐보는 작고어(作故語)들
　해, 구름, 깊은 산, 달, 강, 새, 꽃, 나비, 초당, 연못, 물
고기, 대나무숲
　나와 같이 개 닮은 동물

3

옛 현대시학사가 있던 충정로 골목이든

지금의 인사동 골목이든 간판 안 달고 시 지키는
시잡지사 목조건물 쇠약한 책상,
사기등잔 보면 나도 그 옆에 놓여 있는 거 같다
겉봉 늘 열어놓고 기다리는 마음들 곁에

4

시 교정 보고 가는 잠깐 사이 눈이 내렸다
눈이
땅 위에
시린 발목만 벗어놓고 갔다
발목만 남겨놓고 갔다
눈은
눌러 쓴 글씨

주검노래 초(抄)

아침, 방안에 불 끄면 깊이 가라앉아 있는 늪
저녁, 불 켜고 들어서면 벌떡 일어서는 늪
그 늪을 파서
칠이 벗어진 십자와 중세 음악사전을 파묻으며
마취제를 마시고 수술대에 누우면
시체의 뱃속에서 키운 태아가 안겨온다 음악이란 이런
것이다
내가 20년간 모은 판들은 16세기 이전의 음악들이다
김수영과 소월 상금, 탄노이의 GRF 스피커 개비하는
데 보탰다
칠 벗어진 장미에 주사바늘 꽂고 팔 늘어뜨린 채
저녁이면 수혈을 받는다 내 음악은 이런 것들이 대부
분이다
중세의 공동묘지를 걷고 오거나
시체가 들어 있는 돌뚜껑을 만지며 가슴 대보면
돌밑 숨소리 들려온다 내 음악은 이런 것이다
맹인 파이프오르가니스트 헬무트 발하가 육중하게 페

달을 밟으며 내 가슴에 손을 얹고

　내 몸을 연주하도록

　나는 저녁이면 하얀 시트 위로 눕는다

　첼로 이전의 원전악기(元典樂器)인 비욜로

　나를 해독하도록

국내망명시인

김광규 나희덕과 함께 도른비른 국제서정시대회에 참
가하고
인천공항에 내리면서부터 멍해 있었다.
빗속에서 차를 기다리며 비 맞히지 않으려고 길가에
세워둔
오스트리아 시인 볼프강 헤르만의 초상화가 담긴 그림
통 깜박 잊어버린 채.
기내에서 읽은 전날치 국내신문 기사만 머리통에 넣고
올라탄 실수.
성산대교쯤 와서야 놓고 왔구나
네가 구해서 우리에게 준 네 초상화,
전지 한 장 크기의 메조틴트 동판화.
'하체가 녹아내린 채 고개 쳐든 모습 참 맘에 든다'
(죽은 애 때문에 음독하고 삶을 절개한 시인인 줄도 모
르고)
너를 인천까지 데려와 공항에 남겨두고 오다니.

어디다 정신을 팔고 사는지.

잠실 올림픽 잔디구장에 이딸리아 베로나식의 무대 설
치해놓고

오페라 「피가로의 결혼」 15만원씩 팔아먹었다는 소식

또 「아이다」 표를 15만원씩 팔아먹었다는 소식,

갑작스런 바람과 추위에 방석까지 별도로 팔아먹었다는

이건 아이다 아이다.

멀리 축구공처럼 움직이는 가수들

응원 나오듯 하객처럼 모여들 듯.

런던 샤우슈필하우스에 가보면

5천만 명의 관객 20년 동안 동원한

최장수 뮤지컬 「캣츠」,

1981년 이래 막 내린 2003년까지 티켓 만오천원 이상
넘지 않았는데.

주는 대로 다 받아먹고 배가 터진 붕어 경회루 못에 떠
있다는 소식,

한달이 멀다 하고 잡히는 배 터진 붕어들

낚으면 도로 놓아주는 낚시터인가.
세금 내고 구경하는
유료 낚시터인가.

그날
공항에 내려 빗속에서 일인시위하는 안개등 바라보다가
너 잃어버린 줄도 모른 채
리무진버스에 실려 성산대교 타고 길음동 지나 태릉까
지 도착했다.
우리가 차 마시며 바라본 몽블랑 만년설 밑에
불암산이 오막 같아 보였다.

그래, 난 오막 같은 불암산이 보이는 태릉
중랑천변 아파트에 살고 있다.
알프스산 중턱 황금빛 소방울 소리 음악처럼 들리는
천국으로 가는 길목의 조그마한 마을 같은, 도른비른
이 아니라

죽은 물고기 물속에서 썩어가는 곳에 머리 담그고 산다.

중랑천변 어두운 불빛 하나씩 숨 거두고 있다.
심야전기 돌리는 코리안 숯불바베큐집만 중국닭 구우며
늦게까지 새벽장사를 하고 있다.
쮜리히 슈피겔가쎄 골목 12번지 이층에도 커튼 닫고
불빛 숨어 있다.
1916년 레닌이 도망쳐 1년간 숨어살던 곳.
러시아로 가는 봉인열차에 숨은 카바이트불처럼
레닌이 국내 잠입하기 직전까지.
숨 숨기고 있던 이층집.
숨죽인 불꽃이 석계역 국철 1호선 다니는 굴다리 밑 포
장마차
몸 숨기고 소주병 옆에도 켜져 있다.
부챗살처럼 퍼진 광운대 인덕전문대 삼육대 육사 경희
대 외대 학생들이 모여드는 석계역,
아라비안나이트에 나오는 궁전지붕 촌스럽게 얹은 신

세계웨딩홀

　머리털은 어느날 화재에 흉하게 변해버렸고.

　나는 요즘 아파트 주상가 지하

　'24시간이조(李朝)불가마집'에서 책 읽고 있다.

　지난 여름에도 보우(普愚)의 『태고집(太古集)』 들고 불가
마에 들어가 있었다.

　죽으면 들어가 있을 불가마, 미리 들어가 앉아보는 기
분으로.

　태고 속으로 망명해 있었다.

　네가 말한 대로, 나찌 시절 토마스 만과 브레히트는 해
외로 망명길 떠돌았다.

　고트프리트 벤, 하이데거는 나찌에 협조하고

　항거하지 못한 예술가들은 이러지도 못하고 국내망명
자로 살았다.

　산속으로 피신한 태고(太古) 보우 머릿속을 헤아려보며

　쎈느 강에 몸 던진 파울 첼란 같은 너도 떠올리고

　위응물*도 떠올린다.

26

그의 시구절 '유인응미면(幽人應未眠)'을 떠올린다.

잠들지 못하게 하는 이 세상

잠들고 싶지 않은 마음마저 들키고 싶지 않는 세상

저 혼자 듣는 고절(孤節)의 소음, 고립된 굉음 속으로

망명해 있다.

슈피겔가쎄 12번지 옆 14번지에는 뷔히너가 또 숨어서

보이첵을 쓰고 있었다.

뷔히너가 오르내리던 슈피겔가쎄 골목길

입구에는 『까바레 볼떼르』**가 있었고 트리스땅 차라

가, 다다가 있었다.

그 모두 해외로 망명해온 망명자들.

너 만나기 전, 쮜리히에 이틀 머물며 가본 슈피겔가쎄

12번지

숨 숨어 있던 이층집에

나도 잠시 기거하고 싶었던 잠깐 동안의 생각.

생각 되살아난다.

밤늦은 시간 길거리 벤치에 시커먼 물체가 길게 누워

있고

　그 그림자가 내가 아닐까도 생각해본다.

　네가 말한 것처럼

　나도 국내망명자가 되어가는 걸까,

　불암산 위 시꺼멓게 탄 가마솥 같은 달이

　중랑천 불빛 속으로 또 하나 뒤집혀 떠 있구나.

　* 韋應物: 737~804. 중국 당대(唐代)의 시인.
　** *Cabaret Voltaire*, 트리스땅 차라가 발행한 다다이즘 잡지.

어디 통곡할 만한 큰 방 없소?

나 일하던 공간 편집실로 찾아온 오지호 화백
수염 모시고 사랑방으로 내려간다
저 수염, 광주 사람들이 무등처럼 올려다보고 있는 수염
한자사랑책 한권 주시더니
그동안 유럽에서 서너달 계셨다 한다
'내가 광주에 있었다면 벌써 죽었을 거요
그애들과 함께 죽었어야 했는데'
(5월 17일에는 유럽 촌구석을 헤매고 계셨다는 것이다)
조 편집장, 이 사옥에
어디 혼자 들어가 통곡할 만한 큰 방 없소?
수염 부축하며 배웅해드렸다
하늘이 살려놓은 저녁해가 인사동 골목길에서 머리
쾅쾅 부딪고 있다
혼자 통곡할 수 있는 방을 설계하는 건축가는 없다, 시
인뿐이다

아데니움*

땅이 문을 잠갔다 두드릴 수 없구나
마음 대놓고 있다 그냥 간다
이젤 뜯어 불 피우며 삼겹살 구워먹던 격납고 같은 화실
2군으로 물러난 마음이 어지러이 쓰러뜨린 소주병들
길가에서 한번 쓰러진 적이 있는 네 와신(臥身)처럼
살다보면 그런 고의사구도 맞을 수 있다고 생각한다
소주병 옆에 쓰러져 있는 너 부축하며
괜찮아…… 괜찮아 어깨 두드리듯 나 그냥 간다
이미 우리 나이 오십줄
그 속에서 너는 늘 포볼만 던지고 있었다는 생각이 든다
일찌감치 마음 벤치로 내려보내고 소주산(山)에 거처를
둔 너
설렁탕 국물 위에 떠 있는 소헷바닥, 그 침묵의 지층을
젓가락으로 눌러보며 푸념하던
너는 일생 마신 술을 허무와의 비행기록이라고 말했다
만나면 두세 병 정도는 쓰러뜨려야 일어나던 시절
왜 모든 병은 목이 비틀려야 열리는지

그림 뜯어 불쏘시개 하며 이부자리를 아예 격납고로
옮긴 시절
밤마다 빠리 외곽 뻬르 라 셰즈 묘지에는 쓰러진 말이
보이고
불타는 비행기 나한테 날아와 부딪친다고.
대책없던 친구 화가 이동성(李東成)
생부가 북의 현직 고위층이란 사실로 취직 한번 해보
지도 못한
네가 분신자살한 의정부 가양동 화실
도립병원 영안실의 시멘트 바닥의 타 죽은 전구빛
너는 네 그림을 시멘트로 덮고 또 덮었다
사막장미는 짐승의 내장 속에 고인 핏물에 뿌리 내리며
더 강하고 진한 꽃을 피워내는데……

* Adenium: 사막장미, 사막의 조건에 맞게 진화한 관엽식물.

남성 무용수 예수가 태어나기 훨씬 전
수염 뾰족한 귀뚜리 세 마리가 들려준……

이 아이는 세상에 나올 때 발부터 내밀 거야
멋진 발로 뛰어다니는 남자 무용수가 될 거야
흙은 마를 것이 틀림없고
마르면 먼지가 일지
흙 마르기 전에 멋진 발목으로 무대를 뛰어다니겠지
뛰는 발과 정강이에 달라붙고
몸에도 얼굴에도 밤색 흙이 묻어나서
이 아이의 독무(獨舞)는 시각효과가 대단할 거야
흙은 마를 것이 틀림없고
먼지가 일기 전에
춤을 추다 죽겠지

바로 눈앞에서
보이기 위해서 죽는 것이 아니야
본인이 정말 죽는 느낌으로 죽지

사람들이 너무 감동해서 그 죽는 장면에서 울면서 뛰

쳐나가는 거야
　마리아가 옷자락을 내려
　이 아이 온몸의 땀을 씻어주겠지
　이 아이는 죽음이 필요하다면 죽는 거야

　머지않아 아이가 태어난다면
　모진 매질 당하기 위해 한 아이가 태어난다면
　우리 셋의 엄호가 무슨 소용이 있겠어
　매 맞으며 죽어갔다고
　세상이 머리 쓰다듬어주든? 머리 빗겨주든?

책상 같이 쓰기

황학동 고가구시장에서 거저 줍다시피 한 이 흑단목
책상은
폐병쟁이가 사용하다 버린 것 같다
이 책상의 표층에는 일제의 호스키스 자국과 거멓게
그슬린 포연(砲煙)과
4·19 함성과 5·16 균(菌)이 번창하다 간 것 같다
다리 네 개로 세월을 버티고 있는 둥그런 시커먼 흑단목
(아, 이 눌함訥喊!의 검정색)
목리(木理) 속에 객혈같이 쏟아낸 깊은 골이 있다
먼저 주인은 해골처럼 책상 위로 하얀 몰골 파묻고
땅속을 기어가는 괴물 소리 듣고 있었을 것이다
그가 누구였는지 모르지만
밤늦게까지 내가 뭘 쓰고 있으면
무교회주의를 주장한 내 옛 양정학교 김교신(金敎信) 선
생이
해골이 다 된 새하얀 팔다리 들고 와
(뭐 해?)

등 너머로 내 시를 들여다보는 소름 끼친 밤 많다.

질소비료공장이 있는 땅속의 굴에서 촛불을 들고

선생은 해골 사이를 기어다니고 있었을 거다

그 시커먼 물체와 책상을 둘이서 쓰는 느낌이 나는 싫
지 않다 좋다

가끔 이 흑단목이 살고 있었던 밀림에서 들리는

수백개의 둔탁한 종소리가 내 귀를 놀라게 한다

이 소리들이 어떻게 어디서 오는 것인지

나무무늬 숲을 헤치고 들어가보니까 안개 속에서

수십 마리 수백 마리 검은 젖소들이 풀을 뜯고 있고

목에 달린 소방울들이 종소리를 내는 것이다, 그런 날

내 책상 위엔 한 사람이 겨우 지나갈 수 있는 가느다란
다리 하나만 보인다

책이 사치를 누리고 있다

온몸을 벙어리처럼 묶고 수도원 도서관으로 들어갔다
쉿! 소리 죽일 것.
오랜 나이를 잡수신 고대서들이 금과 비단에 싸여 일
이층 온 사방에 들어차 있다
인간보다 책이, 어마어마한 호사를 누리고 있다
어떤 지체 높으신 책께서는 오색구름이 물든 유리관
속에서 사치스럽게 살고 계신다
반쯤은 이미 먼지뭉치로 변한 채 살아가는 책들이 수
도사들에 의해
현대식 기구를 달고 수명을 연장하고 있다
모든 책마다, 먼지들이 창궐하여 먼지궁전을 짓고 잔
치를 벌이고 있다
소돔과 고모라를 지키고 있는 고문자 기둥과
그 도시를 공경하신, 의인들은 벌써 수천년 전에 먼지
가 되어 돌아가신 지 오래다
예언자들도 뒤 돌아보다 돌기둥으로 돌아버리신 지 오
래다

빨리 눈감고 싶어하시는 저 사치스런 책님들에게서 괴
로운 산소호흡기를 모두 떼내주고 싶다
　추위에 쫓겨들어온 발들 난방기구 쪽으로 불러들이고
싶다
　저 수천년 동안 금빛에 싸여 누리고 있는 지체 높으신
책님들이
　난로만 독차지하고 있다면 그 또한
　누추함에서 벗어나지 못할 것이다

황금 한 가마어치의 힘을 가진 지팡이가

황금 한 가마어치의 힘을 가진 지팡이가
입을 가로막는다
가만히 있으면 보답이 있을 거라고

복종하는 팔밖에 없는 나에게
팔뚝 들이대며
가슴을 가로막는다
가만히 있으면 보답이 있을 거라고

내 입은 열쇠를 입술로 들어올려
문을 따려 하지만
자꾸만 목구멍으로 삼키려 하고 있다

들이킬 건가
내 앞에 따라주는 붉은 술
황금잔 속에 늙고 괴로운 내가 떠 있다

프라하의 음(音)

이 구시가는 아날로그다

아날로그로 하늘과 바람과 물을 녹음한 LP판을 틀어놓은 것 같다

프라하의 밤은 둔중한 통주저음(basso continuo)을 낸다

신은 이 도시가 인간처럼 변성기를 맞이하는 것을 슬퍼했을 것 같다

도시의 음성을 오랜 세월 보존하려고 거세하고 싶었으리라

밤늦게 헤매는 늙은 전차는 바리톤? 수천 개의 외등은 테너?

넋 잃고 언덕에서 바라본 100개의 첨탑은 피아노의 가장 높은 음인 C^3 마이너?

화형당한 종교개혁가 얀의 동상이 있는 구광장은 잿빛 바닥에 내려앉은 G음?

색깔로 보면 이 도시는 회색 재 깔린 초저녁 모노크롬이다

그러나 일제히, 낮엔 소리치는 색깔! 밤에는 야광처럼

적음(寂音)을 내고 있다
　블따바 강 봄물 소리 마음에 잔뜩 칠해놓고
　늦은 밤 먹고 땅거미 내려앉은 카를 다리로 나와보라
　「까르미나 브라나」를 켜는 거지집시 부녀 주변에 모여
앉아보면 안다
　기타의 선조뻘인 류트와 만돌린을 켜는 그 걸인,
　밤의 여왕과 타미노가 구경꾼 사이를 헤치며
　구시가에서 공연되는 모짜르트의 「마적」과 「돈 조반
니」 티켓을 팔고 있다
　타미노…… 타미노, 빈털터리, 무일푼, 거렁뱅이 타미
노……
　수도사들이 무대 위에 올리는 '예수의 생애'를 보면 안다
　선지자 요한의 목소리는 테너
　예수의 목소리는 바리톤, 마리아는 알토
　신의 음성은 중성이다.
　구시가를 뒤로하고 황금 골목으로 오르면 소프라노 여
가수 대머리처럼 치솟은

프라하 왕궁,

청록색 지붕 위로는 박쥐똥들이 뭉쳐 날아다니고 있다

꿈 없는 잠길 헤매며 밤의 전차들이 지붕에 박쥐를 태우고 다닌다

마귀할멈의 빗자루들이 즐비하게 날아다니는 인형가게 골목길들 불빛 감추고 있다

기마상이 서 있는 광장 거품을 밟고 서보라

16세기의 외등 아래에서 자정 너머 밤전차 세우고 맹인이 내리고 있다.

그가 혹시? 이 도시를 설계한 건축가?

다시는 타지에 가서 똑같은 설계를 못하도록 눈 파이고 손까지 잘렸다는?

땅 위에서 헝겊처럼 퍼덕이는 박쥐 날개와

붕대를 처맨 발목이 마음속으로 뛰어들어온다

독일군이 침공할 때 저항하지 않고 프라하인들이

고스란히 넘겨주며 보호한 원음은 어떤 색깔일까

떠도는 몸들, 몸 둘 데를 모르고

1

뉴욕 소호에서 음주사(飮酒死)한 화가 정찬승이
그림한테 이혼당하고, 귀국전을 연 전시장을 다녀왔다.
그림은 한 점 보이지 않고
전시장 한가운데에
까페가 옮겨와 있다.
홍대에서 뜯어온 벽이 생생하게 살아 있고
생가에서 싣고 온 툇마루도 생생히 살아 있고
오그라진 화실 소파도 살아 있는
의자에 앉아 신문도 보고 낮잠도 자며
술 마시고 있다.
이게 신성한 전시장인가 어리둥절해하는
하객과 시민들과 잡담하며 술 마시며.
그림 한 점 걸지 않은 전시장에
세상 술 다 마셔도 취하지 않는
인간 한 점.

미리 보여준 삶의 폐업전.

2

싸옹 빠울루 비엔날레 공동출품하기로 한
김구림은 석달 전부터 손톱을 기르고 있었다.
나는 염불 시를 같이 준비하고 있었다.
쟝 끌로드 엘로아의 염불음악*을 마음에 깔아놓고……
광승(狂僧)의 선(禪)음악을 베낀
존 케이지의 7분 45초,
눈 퍼붓는 날 새벽 오대산 상원사 종소리
잡음으로 깨부수려고.
리허설 장소 공간사랑에서 망자를 위한
깽판 시를 내가 웅얼웅얼대면
함께
김구림이 대짜 손톱깎이로 손톱 깎는 소리를 내고

녹음하기로 약속돼 있었다.

내가 이 시대의 치매, 계집 음부 더듬는 고승 흉내를 하며

실어증 환자처럼

생쑈를 할 때

김구림은 계동 바닥을 뒤지며

마른 뼈 날카롭게 부러지는 언 책받침을 찾아가지고

오고 있었다.

형님!

나 이 벙어리짓 때려치우고

내 산꼭대기에 올라가 앉아 있겠소.

3

미론의 원반 던지는 사나이 나체에

인민복을 입히고 천안문 광장에서

원반을 던지는 모작상(模作像)을 출품한

중국 조각가를 나는 잊고 있었다.
하지만 잊혀지지 않는 건
그걸 보고 와서
광화문 세종로 이순신 동상 철거하고
어깨에 화염방사기 멘 채
포신처럼 중화기를 들고 서 있는 반가사유상을
만들고 싶다던,
성대 국문과 친구.
춘천에서 꼬치구이로 주저앉은 친구.
호텔에 납품할 곳 찾아 뻔질나게 서울 올라와 바삐
돌아가다가 한잔하게 되면
동상에 조선 갑옷 벗기고
인민복으로 갈아입히고 싶다고 떠들고 있다.

4

아, 해외로 떠돌다가, 떠돌아 돌다가,

국내로 망명한 생들!
국내망명자들.

5

발레리의 40년 고독 앞에
팔팔할 때 한번, 고개 숙여봤으면 됐다.
더이상 난 안 숙이련다.
대신, 문안차 홀아비 정병관 선생한테는
그 무덤 앞에 한번 머리를.
빠리 제8대학 도서관 사서
마른 빵과 커피로만 기숙하며

미술사 박사학위 딴 노인 학생.

누보 레알리슴의 화가들

극사실의 현실을 냉정하게 그린

리베라씨옹패들!

정년 5년 앞둔 연세로 이화여대에 모셔와 죽인.

한번도 술과 장미의 나날을 들어볼 시간을 안 준 세상.

한번 찾아가 뵀어야 했는데.

벽제에나 가야

계실까.

* 장 끌로드 엘로아(1938~)는 프랑스 작곡가. 한국 여행차 '공간'에
   들린 이 현대음악가는 두음(頭音)을 이용해 새벽 예불 같은 음악
   을 들려주며 청중에게 드러눕든지 담배를 피든지 편한 자세로 들
   으라고 미리 설명을 했다.

6

본처한테 그림 다 빼앗기고
평창동 바위꼭대기에 세 살고 있는 김구림은.
미술사랑문화인협의회 같은 곳에 시간강사로 나가
운현궁 같은 곳에 핀
꽃에다 연지곤지 찍는 예절 가르치고 있고.
고승관은 맘 쫓겨 괴산으로 들어가
화양동 계곡에 이십년간 돌탑 쌓으며
처박혀 나오질 않고.
나는
포크레인 이빨자국 박힌 채석산(採石山) 실어다
버린 한탄강 하류
포천군 창수면에 글 쓸 집 최근 얻어놓았는데
가 있어야 되나 말아야 되나.
골에 처박혀 떠돌던 목은 이색과 양사언 들이
시회(詩會)하던 창수면 금수정(金水亭)

마음에 들여다놓았다가
내쫓아내고
다시 불러다놓고 기웃대고 있는데
가 있어야 하나 말아야 하나.

이 마음의 걸(乞)

서울 미대 교수 옷
길가에 벗어 잘 개어놓고.
혜화동 골목 공주집 귀퉁이에
쭈그리며 취해 있던 장욱진 선생이
걸치고 있는 초겨울 햇빛.
그 햇빛 곁이 나 사는 곳.

어제는 잎 다 떨구고 있는 저녁비
혼자 가게 했다.
거적때기 밑에 꺼져 있는 햇빛.
거 누구요,
거 뉘시오.
땅거미가 먼저 나와 있다.

이 마음의 걸(乞).

거적때기가 몸뚱어리로 보인다.

한눈파는 사이 세상엔 눈이 내렸다.
얼음밤세상으로 변해 있다.

이 마음의 걸.

이 밤에 방금 받은 겨울 산문집,
그 속에 들어 있는
김지하 선생의 손을 쥐고 싶다.
먼저 걸어간 마음의 걸,
걸(乞), 그러나 뜨거운.
뜨거운, 행(行).

눈이 또 온다.
흰 눈 시체들 나를 밟고 지나간다.
더 밟아다오.
더 나를 밟아다오.

시인의 생가

1

만년에 내리는 비처럼 시인의 집은 마른 잎 쌓인다
여름이 한살림 차린 마당은 이제 병에 물들어가고 있다
길 위에 구두 벗어놓고 있는 가문비나무처럼
언어는 이제 가을을 병 삼아 비좁은 단풍길을 벗 삼는다
길은 열고 들어가보면 아무 길도 없다
나를, 너를 위해 있는 것이 아닌 병
그리고 누구를 위해 있는 것도 아닌, 태어나기 이전의
병, 그 병을 보살피는 언어
가을의 똥오줌을 받아주고 계신 언어
누가 나를 데려가 조등(弔燈) 켠 골목길에 백주대낮에
꾸겨주었으면……
누가 내 잔등을 씻어주었으면…… 오줌냄새 잔뜩 묻힌
손으로

2

갓 꺾어온 가시덩쿨 같은 시를 움켜쥐게 해다오.

그는 발각되었다. 그러나 시를 손아귀에서 체포해가지
못했다. (이건 풀이잖아?)

가택수색의 총부리 앞에서 시인은 가슴으로 말했다.

이 시골집에 위험한 것은 없다, 여기 이 심장 속 아직
만들어지지 않은 한 묶음의 시 빼놓고는.

······겉으로는 평범한 집이었다. 느티나무들이 먹구름
을 찌를 듯 자라 있었지만 울부짖음과 비명을 틀어막은
골방과 공포가 숨겨져 있던 복도를 조심스레 지나다녀야
만 했다. 대낮에도 셔터를 내린 방, 그 속에서 행해졌던
유희와 조롱. 얼음 깔린 불기 없는 돌바닥에서 쇠붙이처
럼 자란 잎의 근골(筋骨), 거기에서 불쑥불쑥 성장했던 순
종심. 거기에서······

나는 나에게 발각된다.

죽은 자의 안경테한테 나의 시는 발각된다.

길거리 후미진 골목 끝 다락방, 역 개찰구 입구에서

지폐처럼 쥐고 있는 나의 시는 발각된다.

모난 돌맹이와 개머리판, 사냥개 짖는 소리에서 나의

순종심은 발각된다. 절망에 동조하고 묵인한 나의 태만

은 발각된다

육혈포처럼 여섯방을 쏘지 못한 나의 시는 발각된다

내동댕이쳐진 삶의 가방과 불안에 질린 새끼들의 표정

과 동공에서도 나의 시는 발각된다. 그 표정은 나의 것

이다.

절망에 대한 나의 굴종, 나의 굴신, 나의 시는 발각된다.

나는 나에 의해 발각되고 나는 내 안에 살던 망명자를

못 박아 처박는다.

바람과 비와 먹구름들을 실어나르는 하오의 언덕

태어나 햇빛 쏘이며 사랑하며 거닐었던 처음의 장소는

시간은 무르익을 대로 익은 포도밭으로 변해 있다.

나를 리어카에 실어다 검은 포도와 함께 불사를 때가
되었다.

지하 소금광산

땅속으로 내려가보았다.
지하 어둠 속으로 리프트카 줄 쥐고.
이백 미터 아래 소금광산이 있다.
어둠침침한 예배당도 있다.
수세기 동안 소금광산에서 태어난 노새는
이곳에서 번식을 하며 생을 마쳤다.
지상으로는 한번도 올라가보지 못했다.
암염(巖鹽) 가루에 눈 멀어버리면 싸맨 헝겊 풀어버리고
수레를 끌며
지하에서 한번도 달려보지 못한 노새들.
뱃속에 암염 가득 차 쓰러지면
소금무덤으로 들어가 죽어갔다.
소금덩어리를 쌓아 높이 올려세운 예배당엔 기도대도
있다.
엎드려 빈 촛불도 있다.
그 촛불 하나 기념으로 들고 와
시 쓰는 책상 앞에 놓아두었는데

일주일도 안돼 녹아내리고 있다.

암염으로 만든 장난감 노새 무덤도 하나 가지고 땅 위
로 올라왔는데

녹아버리고 있다.

론다니니의 피에타

자자.
자자.

녹아버린 어둠
더 어둡지 않도록.

어둠 받아 안아주자

저 장년의 남자
땅 위에 내려주자.

허리 뒤에서 상체 일으켜올리며
똑바로 세워주자.

같이 주저앉지 말자.
같이 주저앉지 말자.

송두리째 없어진 아랫도리
아, 송두리째 없어진 아랫도리.

자, 자자.
맨땅에 그냥 누워버린 남자.

상체만 남은 그 옆에 같이 누우며
자, 안아주자. 늙은 어미가 되어

새 꽃이 피어 있다

진눈깨비 하얗게 몰려가 얼어 있구나.
잔뜩 흐려진 마음으로
내려놓은 마음 몇 송이.
덜 마른 물감처럼 젖어 있는 하늘.
아무래도 나는 저 무덤 앞에
더러운 지폐로 사들고 온 꽃을 올려놓고 내려온 것 같다
올려놓았지만 바람이 모로 쓰러뜨린 꽃.
하늘에 성냥불 한번 댕기지 못하고 공회전하다 멈춘
연소불량의 하루 혹은 젊음.
빨리 타기를 기다리며
아니 빨리 타주기를 기다리다가
내 젊음은 무참하게 장미꽃들을 꺾으며 휘날려버렸다.
침엽수림 안쪽에서 나무들의 파안대소
저 하늘의 박장대소.
누군가 또 꽃 조용히 내려놓고 내려간 무덤에
방금 따온 듯한 눈물
새로 피어 있다. 내 두 손이 너무 더러워져 보인다.

떠돌았던 시간들

    1

몽유의 시인은 12세기의 민가(民家) 옥탑방에서
심해어처럼 자고
새소리를 채보(採譜)하며 떠올린 몇구절
함초롬히 생각의 벼이삭 물고 있다.
'난 산 게 아니다. 연소된 것이다'
그 문 앞에서 내 삶은 후들후들 떨린다.
내 발길은 갈지자로구나.
생채로 쓰러진 냇가의 버들
모두 나한테 덤벼봐라 덤벼봐라.
독일 튀빙엔 휠덜린하우스
방명록을 뒤에서부터 펼쳐본다
김주연 김주영 오규원 들이 3년 전에 다녀갔다
한쪽 귀퉁이 말라죽은
귀뚜라미 무릎 같은 곳에 여치 다리같이 오그린 내 이
름도 써넣는다

1991.12.12.

   2

비엔나 시 외곽 중앙묘지
묘지가 거대한 항공모함이다
인부들이 구름을 퍼 싣고 있다
무명 피아니스트가 건반에 기댄 채 손으로 얼굴 싸매
고 있는 무덤
앞에 마음을 올려놓는다.
특별명예구역이 아닌
외따로 버려진
이름도 모르는 그 청년상 발등에 쳐진 거미줄
갓 맺힌 이슬.
(1839~1876)

3

단떼의 생가를 찾은 것은 94년 늦은 봄이다.
여름이 성큼 와서
피렌쩨의 창마다 노랗고 붉은 꽃을 열어놓고 있었다.
두오모 성당에서 씨뇨리아 광장 들어가는 골목 끝에
정적이 숨어 있었다.
시성(詩聖)이 산 표시로 청색 휘장이 보였다.
천상의 트럼펫 소리 울리는 청색.
강렬한 청색 소리를 통해 신곡을 썼을까.
중세의 음울하고 몽환적인 늙은 길이
단떼의 동상 쪽으로 걸어나오고 있었다.
젊은 날의 니체가 동상 밑에 앉아 사색했던 자리
고요는 어지럼증이다.
내가 동상 아래 두고 온 하오 두 시의 고요
고요는 현기증이다.
밤에는 자다가 도끼날을 만져본 것 같다.

4

게오르크 트라클이 마약 먹고 올라탄
인스부르크 인(Inn) 강.
도시의 황금조각이 황금빛으로 물든다.
다섯손가락에 황금반지를 낀 여자들이
살던 곳.
트라클이 시를 못 쓰고
마약중독자가 된 이유를 알 듯도 하다.
테레지아 거리 황금독수리 여관엔
　모짜르트, 괴테, 하이네, 빠가니니, 싸르트르, 마오쩌뚱
도 묵었다.
　알프스의 만년설 은빛이
　새끼손가락에 은반지를 끼고
　잘츠부르크에서 시체를 찾으라고 알려준다.

5

카라얀의 유산은 1천7백억원.
고향 잘츠부르크 암벽 위 성당 옆에 묻혀 있다.
너무 뜻밖인 것은 그곳이 마을 공동묘지라는 사실이다.
여느 사람과 같이 무덤 맨 끝자리에
소박하게
묻혀 있다.
젊은 날 나찌에 입당해 이 도시를 떠나기까지
27년간 산 생가를
철문이 지키고 있었다.
저 철문을 뜯어다 시로 쓰고 싶은 생각.

6

브란덴부르크 광장에서부터 따라온 음산한 추위

라이프찌히에서 뮌헨까지 따라오더니
본에서 쾰른까지 올라가는 내 발등을 아주 얼려놓았다.
삶이란 연탄난로에서
손 쬐며 살고 싶었다 1991년 겨울.
마음의 판자라도 뜯어다 때고 싶었다 1992년 겨울.
어디 몰릴 대로 몰려보자. 1993년 겨울.
어느새 안주머니로 들어온 겨울.
이 추위 6백년간 쌓으며 지은 쾰른 대성당이
157미터까지 하늘로 솟아 있다.
이 추위 인간의 기 팍 꺾어놓는구나.
정종대포가 그립다.
팔팔 끓여서 내오는 레드 와인 어디 파는 데 없을까.
구두 속에서 살려달라고 애원하는
발등과 발가락이 풀리는.
공연히 떠나서 고생하는 1993년 겨울.

7

알프스를 넘어 로마로 이르는 통상로가
끝나는 곳이 독일 퓌쎈 마을이다.
2백만 명이 몰려든다는 이곳에 온
나는 한 점의 떠돌이.
계곡의 절벽과 저쪽 계곡을 이어놓은 철제다리,
흔들거리는 철제다리,
두 사람이 겨우 붙잡고 건너갈 수 있게 만든 다리
　입구에서 거지노인이 다리를 건너려는 사람들에게 손
벌리고 있다.
　'이 손에 자비를, 자비를……'
계곡 너머엔 밑에서부터 조각되어 하늘로 오른 시처럼
백조의 성이 있고
숲속에서 날갯짓하고 있는데.
나 찌그러진 삶의 투구 쓰고 갑옷도 잃어버린 채
건너려다 말고 오줌냄새 나는 풀밭에 주저앉는다.

세월의 바람걸레로 닦아도 닦아도 아직도
냄새나는 인간의 오줌.
둘러보니까 바로 변소간 옆에 내가 앉아 있다.

8

입장료를 지불하고
아우쉬비츠로 들어간다.
인간의 참상을 관람하는 돈을 받는다.
인간의 죄악을 구경하는 데 돈을 받는다.
인간을 단죄했던 총살벽을 구경하는 데 돈을 받는다.
길거리에서 체포한 별표시를 구경하는 데 돈을 받는다.
가스실로 가면서 벗어놓은 안경, 깎인 두발,
따로 수북이 모아놓은 방 구경하는 데 돈을 받는다.
  인간이 신고 가지 못한 구두짝을 구경하는 데 돈을 받
는다.

'내 슬픔 앞에 항상 돈이 없었네'*

9

1943년 오스트리아 브레겐츠로 피난 온
음악가들이 보덴 호에 배를 띄워놓고
갑판 위에서 주민들을 위한 음악회를 열었다.
브레겐츠는 헤쎄가 소설을 쓰던 곳이다.
지금은 독일 오스트리아 스위스의 공동관할이다.
한 마을에서 살다가 나누어진 사람들답게
국경경비원들은 미소를 보내며 손을 흔든다.
노란 꽃 뿜는 난초와 종려나무와 낙우송이
서로 총 겨누는 법이 없다.
망명을 받아주지 않는다
꽃들은 서로 받아들이지만.
너무 아름다워 삶이 없는 툇마루처럼

노인들은 햇빛을 쪼이러 나온 모종(某種)……
알프스 산중턱 풀섶에 핀 물망초 옆을 지나가며
소방울소리 나는 곳에 무덤을 지어놓고
그 소멸의 윤곽만을 보여주는……

10

버스에서 내려
버스를 밀고 올라가야 하는 때도 있네.
타트라 산맥을 넘다가
폴란드 바르샤바 언덕길에서
넘어진 버스.
삶. 뒤에서 밀고만 살아왔는데……

자네한테
이 버스 편으로 구름 같은 자들 백명을 보내네.

이들은

방랑을 시 속에 담네.

돈 한푼 없으며 가진 것이라곤 낡은 양복 1벌

바지 1벌

셔츠 속에 자신의 모든 시를 넣고 다니며

주머니에 다 들어가지 않으면 불태워버리지.

연기가 이들의 활자라네.

* 이 수용소 위령비에 새겨져 있는 'my sorrow is continually
  before me'(시편 38/17)의 구절을 패러디한 것.

두 개의 주검노래

1

어제는
잿빛 꽃망울 가라앉는 신들의 정원 걸으며
블따바 강 물들이는 장엄한 핏빛 구름, 구름기둥 위로
솟구친 불길 서서히 붕괴되고 있는
끝악장을 가슴에 모아놓고 있었다
불길에 싸여 함몰하는 장송의 배 위에서 일몰을 바라
보며.
대리석에 흐르는 술 따라 흘러가는 파란 불을 만지며
아직도 타고 있는 신전의 돛 스러져가는 풍경을 보며
황금방으로 들어가
황금촛대에 비취색 불을 켜놓으며
햇빛실 타고 내려오는 거미들을 거느리며.
오늘 나는 왕거미처럼
고요를 시녀처럼 거느리고 황금방에서 나오지 않는다
종말을 알리는 황금방울 소리를, 그래 이제는 울려야

할 때가 왔구나

　대지의 서시(序詩)처럼 밤은 눈을 한번 새로이 내리리라

　　　2

　프라하의 겨울은 눈과 얼음의 박물관이었다

　온통 바람과 눈꽃송이의 축일(祝日)이었다

　한없이 외딴 광장으로 나는 휘황한 등불을 켜고 말을
몰았다

　밤은 사방이 눈과 얼음 구덩이였다

　퍼붓는 눈 속에서 꺼지려 하는 등불에 채찍을 던지며

　숲가에 멈추자 나보다 먼저 죽은 왕들이 마중나와 읍
을 하고

　어둠 속에서 전나무 가지들이 전신을 흰 헝겊으로 감싼
내 휘하의 동상들을 데리고 순복(順服)의 팔을 모으고 있
었다

그때 밤은 검은 투구를 벗으며 백납같이 불가해한 얼굴로 화살표를 꺼내들고 있었다
　검정개 세 마리가 등 구부리고 배회하는 묘지 부근
　밤에 내 새 무덤이 도착해 와 있었다
　오, 거기서 내가 춘 춤!
　휘황찬란한 온갖 빛들의 선율을 따라 나는 작은 오리처럼
　백파이프를 불고 다녔다

천초(茜草)

초두 변에 서녘 西,

해 질 무렵 풀 끝에 붉은색 비친다 해서 천초.

풀 끝에 더 뻗어가고 싶었던 붉은빛 거센 숨 있다
비장하다

천초는
뿌리까지 붉다

서리 깔리면
뿌리 속까지 붉다
땅속까지 환하게 붉다

금호철화

아, 이 금호철화(金號鐵花)*
어려운 식물이지요 쇠꽃을 피웁니다
이 선인장의 성깔을 잘 알지 못하면 키우지 말아야 합
니다
콘도르가 사막의 하늘을 맴돌다가 급강하해 앉은 모습
골 깊고 진녹색의 단단한 몸체엔 솟구치고 뻗친 가시들
보세요, 화살촉처럼 무장하고 있어요
가시들은 원산지에서 지나가는 말의 편자까지도 뚫고
올라옵니다
조심하세요 손
이놈들은, 뿌리는 별 의미가 없습니다 가시가 생명이
지요
숨을 가시로 쉽니다 가시가 부러지면 썩기 시작하지요
어찌나 지독한지 뿌리를 몽땅 잘라 삼년을 말려두었다가
모래에 다시 심으면, 서너달이면 제 몸에서 스스로 새
뿌리를 내립니다
흙 나르는 수레바퀴에 구멍을 내는 것도 이놈들입니다

조심하세요, 가시가 살아 있으니까

* 학명 Echinocactus grusonii for cristata.

도인(道人)

몸체에 은하수가 뿌려진 그 별무리 들여다보는 재미로
선인장 농장에서 반야(般若)* 두어 개 얻어왔다.
동절기엔 주먹만 한 보랏빛 별꽃이 이 몸뚱이 위 벌어
질 거요
이동철 씨는 이 반야꽃 아주 장관이란다.
지금 먼지알처럼 보이는 꽃눈,
동절기에 꽃몽오리 맺을 거라고.
내년 삼월이면 지가 알아서 필 거요
식물활력제 꽂아놓고 성급히 꽃 기다린다면
도로 가져오시오.
지가 알아서 필 때까지
우선 물 끊고 기다리시오.
한증막같이 후끈후끈한 연구소에서
런닝 차림의 그가 던져준 반야.
지난 여름에는 선인장 연구소에서 놀았다.
가느다란 붓끝을 쥐고 가시 속에 숨어 있는 꽃 불러내
기도 하고

난생 첨 보는 빨갛고 노란 가시 만지며
가시들의 세상에서 놀았다.
애리조나 카우보이들이 말 끌고 지나다닌 사막에
서 있던 천장만 한 귀면각 기둥들과도 놀았다.
자연산 수지침에 일부러 찔려주며 놀았다.
그러나 난 일제시대부터 초등학교 교사를 하며
일본인으로부터 선인장 기르는 법을 깨쳤다는
그분의 아버지가 이 연구소 나와 있는 날을 한번도 본
적이 없다.
피난 때도 보따리에 선인장 씨앗을 무의도에 가져가서
보관했다는 그 노인.
구파발 지나 대화역 근처에 살고 있다는 그 노인을.

* 학명 Astrophytum ornatum.

월하미인

공작선인장과의 여러해살이풀, 학명 Epiphyllum
oxypetalum, 원산지 멕시코
선인장 매니아들이 간혹 기르나 1.5미터 이상 자라야
꽃을 볼 수 있어
농장에서는 재배를 기피한다
이 선인장을 나는 보았다, 한국시낭송회가 열린 과달
라하라
총소리 들리는 밤하늘에 챙 넓은 모자 던지며 노는 멕
시코의
밤이 키우는 야광식물, 자태가 요염하다
정을 주면 정 과다로
물을 너무 자주 주면 과습으로
한여름에 뿌리가 종적을 감추는 일이 허다하다
말리듯 물을 주어야 한다
화경(花莖) 이십 센티 흰색 바탕에 연한 자색
꽃의 수명 여덟 시간, 여름밤 저녁 8시부터 피기 시작
하여

아침에 시들어버린다

시인대회에 같이 갔던 시인들과 기타를 치는 마리아 치와

밤새도록 데낄라 마시며 놀았다

아, 그 밤에 혼자 커가고 있는 뒷간 마당의 월하미인(月下美人)을

경기도 고양시 선인장농원을 다니다가 눈처럼 괴인 먼지 구덩이 옆에서 찾아내 데려다 기르고 있다

입동 지나면서는 베란다에서 안방으로 들여놓고 같이 살고 있다

오래된 미래

가지 말라고 했습니다 저는 갔습니다

모래바람 일으키는 맨발 터덜터덜 걸어오고 있었습니다 저는 그리로 갔습니다

화근이 될 거라고 말했습니다 그런데도 저는 갔고, 엎드렸습니다

화근이 될 거라고 또 말했습니다 물 한 그릇 들고 가는 나에게

쓸데없이 헛수고하지 말라고 그랬습니다

발목이 철사줄로 감옥에 갇혀 있었습니다

아, 발등에 피꽃이 하얗게 피어 있었습니다

제가 한 일은 그 피꽃에 입 맞추었을 뿐

그렇습니다 멕시코에서 또 돌아와 저는 그 일을 한참 잊고 있었습니다

그런데 말입니다 선인장농장을 다니면서 다시 보았습니다

꽃기린선인장이 화살을 맞은 그분 발등과 똑 닮아 있더군요

＊꽃기린의 가시는 로마시대부터 가시면류관으로 사용했다.

장군선인장[*]

　퇴역장군 같지 않습니까
　육사 출신으로 일찍 옷 벗고 다행히 민방위 비상기획
관으로
　정년은 마치고 물러났지만, 그는
　김정환이 꾸려가던 시인학교에 입학해 내게 시 배우러
삼년 동안 찾아왔었다
　상계동 그의 집에서 바위를 굴복시킬 듯한 어마어마한
선인장을 보았다
　2미터 남짓한 무륜(無倫)기둥이 내민 손가락 굵기만 한
뿔과 청룡도
　더위를 썩둑 베어낼 듯.
　월남전 때 항공화물로 실어 날랐다는 그 선인장에
　한여름 런닝 차림으로 호스로 물을 뿌리다가 지쳐
　제 몸에다 물 잔뜩 뿌리고 있는 그가 선인장 같았다
　군조직은 너무 고온다습해서 전방으로만 돌아다녔다
　그 척박한 모래밭에서 비록 별은 못 달고 예편당했지만

* 학명 Austrocylindropuntia subulata.

83

무슨 일이 또 있었나요

비엔나 숲속을 식물들의 요양소로 쓰고 있더군요

치매 걸린 시냇물이 흘려보내는 현악기의 음도 들었습
니다

플루트 소리 나는 나이팅게일, 메추라기 울음 우는 오
보에

뻐꾸기의 폴루트 소리도 들었습니다.

저녁엔 그린칭 마을로 가 햇포도로 빚은 호일리게를
마시고 베토벤 차림의 지배인의 친절한 배웅까지 받았습
니다

밤에는 합스부르크궁에서 왈츠 구경을 하고 11시까지
무희들과 춤까지 추었습니다 왕녀가 사용하던 화려한 항
아리에 순 한국산 대변까지 보았습니다

늙수그레한 장년의 키 작은 남자 무용수가 입가에 만
들어 파는 미소도 받았습니다

나를 데리고 온 빈 대학의 친구는 어제 본 왈츠는 상품
이라고 말하고 있습니다

맞습니다 상품이지요

그러나 요한 슈트라우스의 콧수염을 단 상품들과 요강
까지 서비스하는 그런 일이 즐겁습니다

거길 지나면 왠지 서늘해지는 파란 집 앞마당도 우릴
즐겁게 해준다면 얼마나 좋겠습니까

하오 두 시

하늘엔 붉은 장갑이 떠 있었다 어디선가 비스듬히 기운 신전 기둥이 보일 듯했다 포플러 나무보다 푸르게 우거진 파도소리가 기슭에서 멀어져가고 있었다

희맑고 희맑은 여름이었다 흰 돛 편 하얀 배가 도시에서 멀어지고 있었다 동상이 검은 그림자를 내려뜨린 계단을 내려 아무도 지나다니지 않는 돌벽과 돌벽이 간신히 열어놓은 샛길로 접어들면 돌 속에서 자라는 고요한 풀이 있었다 돌단풍같이 하얀 꽃들, 돌 속에 고여 있는 차디찬 냄새를 하루종일 맡을 수 있었다

어디선가 바람결같이 살아 있었다 매일 같은 시각 같은 열차가 연기에 갇힌 굴다리를 빠져나와 인간들을 들판으로 파묻으러 갈 때 불렀던 그 노래는.

하늘엔 붉은 장갑이 선지를 쥐고 있었고 도시는 텅 비어 있었다 광장에서 고요의 목이 베어졌다 대성당 뒷숲

에도 고요의 목이 던져져 있었다 묵중한 성당을 봉인해
버린 문을 조심스레 밀면 그 틈새로 파이프오르간 소리
가 별부스러기처럼 흘러나왔다 겨드랑이에 하프를 단 양
떼들이 거기에 모여 있었다 오 그곳에서 도끼날이 번득
였다

　미동도 하지 않는
　저 공중의 핏방울들

꽃의 유골

마야 유적이 있는 치첸이싸 광대한 용설란 밭이
옛 도시가 묻혀 있던 자리라 한다
매몰된 폐허를 토양 삼아 용설란은 1백년 만에 단 한
번 노란 꽃을 피우고 죽는다
어떤 신성한 신들의 싸움이 있었었는지 어떤 말발굽이
묻혔는지 모른다
몇 안되는 후손들이 가이드로 먹고사는 원주민촌
닫아도 닫아도 열리는 지린내
길가에 뒷간문처럼 열어놓는 지린내들
이 지린내들만이 멸종을 면했다
유골(遺骨)에 핀 노오란 꽃!
난백(卵白)색 꽃들
유백색 꽃들
회백색 꽃들

버려진 마음

누가 바퀴에서 먼지를 실컷 털어버리고 있다
내가 졸고 있는 쪽으로 털어내고 있다
가슴에 손 긋고 성호를 그리는 성인상은 눈알이 도려
져 있다
그가 쥐고 있는 펜이 술병으로 보인다
레일 위에서 잠든 술꾼 모가지를 끊으며 사는 기차
흙 같은 아들을 낳는 흙
벗어버릴 수 없는 살, 흙먼지처럼 주저앉도록 도와주는
빗방울 말구유냄새 지려온다

밥만 먹고 있는

서대문 독립문 근처 영천시장 안쪽으로
박정희가 자주 다닌 도가니탕집
내가 유년시절 냄비 들고 국물 사러 다닌 대성집
사십년 된 좁은 골목 주저앉은 양기와지붕 들쳐 올리
고 들어가면
방마다 들어찬 어둑한 형광등빛.
사람 대신 꽉 들어차 있는 어둑한 형광등빛
그 아래

아, 밥 먹고 있는
목 없는 몸뚱이들.

두상 따로
몸체 따로 헤어진
목 없는 불상, 몸뚱이들.

밥 먹다 말고 떨어뜨린 목 황급히

얹어놓고
밥만 먹고 있는 몸뚱이들.

목 찾으러 나섰다가
엉뚱한 데에다 절하고 온
몸뚱이를 뒤따라온 머리통들.

자리 하나 비기를 기다린다.

밥 잔뜩 먹은 머리통
처박을 자리
어디 비어 있지 않을까 하고.

내천(內川)에 앉아

시간이 아무 데나 던져놓은 방석에 앉아
물의 송장을 내려다본다
미끼를 하도 물어 아가미가 헐어 있는 물
막대기 하나 올라온다
그 막대기가 두르고 있던 사탕맛
불어터진 물의 송장들은 저 밑을 휘젓고 몰려다니며
사나보다
빨아먹고 물어뜯으며 서로 찢어발기며 손톱 기르며

공산송자락(空山松子落)

갓 썰어 담은 것은 비닐 속
순대의 따스한 온기 매만지며 산,
난 찬 인간이구나.
발 얼어오면 독정굴(獨井窟) 뒷산 소나무
싸락눈 맞혀 땅 위에 툭 떨어뜨린다.
바짓가랑이 안으로 살 대고 잠시 숨어 있는
바람에게도 툭 떨어뜨린다.
가을부터 놀리고 있는 산신각 낡은 기왓장에도
툭 떨어뜨린다.
밤 깊으면 우물 덮은 나무뚜껑 열어보듯
툭 떨어뜨린다.

홀아비꽃대

저녁나절 빈 절에 개만 돌아다니고 있다.
경기도 남양주 진건면 천마산 꼭대기 견성암
풍양 조씨(豊壤趙氏) 시조 조맹(趙孟)이 굴 파고 기거하던
수양굴(修養窟).
가지가 하나씩 말라죽은 샘〔獨井〕 그대로 있고
지난해 쌓인 낙엽 굴 문을 막고 있다.
화양루(花兩樓) 아래 궁둥이 눌러놓고 있는 바윗돌 밑
겨울 내내 비탈길에 앉아 있던 홀아비꽃대가
녹지 않은 눈 그루터기 속에 숨어 있다.
하얀 촛불같이 모여사는 꽃대들
비탈에 굴 파고 붙어산 저 홀아비꽃대들.

이름으로만 들은 주지는 어디 가 없고
절 개만 혼자 돌아다닌다.
마당구석에 모여 있는 홀아비꽃이 땅 위로 뿌리 올려
놓고
산비탈에서 사람냄새 맡으려 애쓰고 있다.

94

내가 먼저 다가가준다.

저녁나절 바람만 마당을 쓸고 있다.

주지는 어디 갔는지 절 개 소나무 밑에 웅크리고 있다가

내 곁으로 다가온다.

이놈 혼자 절 지키는구나.

주지는 어디 가고

바람만 신문지를 들추고 있다.

내 주위에서 꼬리 내려놓고 떠나지 않는 개

허허 이놈 사람 다 됐구나.

산 아래 남양주시가 멀리 별밭으로 변해간다.

눈의 흔적

1

삼십여년간 선시(禪詩)를 뒤적이다가
팔순을 넘긴 노인은 거적을 덮었다
작고 시인으로 취급해버린
문단의 건망증쯤 아랑곳 않고
가벼운 지팡이 하나만 든 채.

2

다시 얻기 어려운 몸 여미고
그는 혼자 천산(千山) 눈보라길로 올랐다
마늘이 아니고야 어찌 마늘의 마음을 알랴.
서른여섯에 만났던
소나무 아래 동자 만나러……

3

사흘밤낮을 올랐을 때 산중턱을 가로막는 눈을 만났다
여긴 구름밖에 안 산다오
아시겠소
더 가보아도 구름밖에 없다오
구름이 눈 뿌리는 걸 보니
아직 힘이 남아 있구나
그는 굴에서 하룻밤 눈을 피했다

4

깨어나보니 까마득한 신봉(神峰)에
바위 소나무 서 있다
거기 기거하시던 스승
사모하는 마음 높이 올라간 만큼

멀리 떨어질 위험도 큰 것이다

5

소나무 아래 차 끓이던 동자 간 곳 없다
구름만 앉아 있다
구름의 귀에 대고 조심히 묻노니
예 있던 동자 어디 계시는가
오래전 약초 캐러 나간 스승 찾아 눈발 속으로 떠났는데
두 사람 다 돌아오지 않았다 했다

6

차 끓이는 차구 앞에 노인은 동자처럼 앉아본다
맨손으로 추위를 견디던 동자처럼 안 계신 스승 마음

본떠 앉아본다
　세상은 그동안 큰 눈이 여러번 왔었고
　이곳엔 얼음이 수차례 다녀갔구나
　다완에 금 간 걸 보니 겨울이 아직 힘이 세구나

　　7

　노인은 앉아 있다
　팔순까지 온 세상 큰 추위 여러번 왔었다
　제때에 추위에서 벗어나지 못한 내 태만
　노인은 이렇게 중얼거렸다
　내 게으름이 여지껏 나를 살려놓았구나

8

노인은 산에서 내려와 삼년 동안
얼음 어는 소리 듣다가
눈처럼 바위 밑으로 흘러갔다

9

마음에 한지 바르고
다시 한번 옥매(玉梅)가지 고요히 품어본다
비쩍 마른 노인
붓끝에 마늘씨 물고
이 척박한 세상의 마음에 심어놓았다

나도 수북이 쌓여

문학예술사가 망했을 때다 거기서 나온

정한모 전봉건 이형기 정진규 김윤희 문정희 옆에 나
도 수북이 쌓여

강남 고속버스터미널 가판대 옆에 손님 기다리는 걸
보고

잠시 이런 광고문안이 기억났다

시집은 이럴 때 사용하셔도 아주 좋습니다

기름진 음식과 술을 많이 접하는 모든 분

고깃집 횟집 매운 요릿집, 미용실 병원 등 커피 대신 마
실 분

귀한 손님 접대해야 하는 각 기업의 비서실 총무팀이나

연말연시를 맞아 직원들이나 협력업체 등의 선물용

반상회나 부녀회 학부모회 등 각종 모임 다과상에.

시 속에 들어 있는 좋은 성분들은

고지방 섭취로부터 우리 몸을 보호해주고

특히 값이 저렴하기 때문에 선물하고자 하는 분들에게
는 아주 좋습니다

내 속의 혀가 뛰쳐나와

헛바닥 아주 집 나가 살거라.
어제는 내 속에서 개가 강가로 뛰쳐나와 고기를 물었다
물어서는 안될 고깃덩이를.
오늘 강에다 내뱉어버리고 언 달 하나 물고 걸어왔다.
그리고 꾸짖어놓았다
입속에
헛바닥 잘 묶어두고 있거라.

산꼭대기엔
먼 먼
절밥 맛있다.

간 치지 않은 마른 고사리 씹고 있으면
혀끝이 도달하는 도피안(到彼岸).

혀는 결국 먼지에 도달하느니라.
그 헛바닥 잘 간수하고

눌러살고 있거라.

장례차 행렬로 길 막혀 짜증내는 혀.
그 길거리에서
헛바닥만 날름거리는 시.

그 헛바닥 백운공거래(白雲空去來)다.

자주 가는 길거리 밥집
문창호지에 침 묻혀 뚫어놓은 구멍으로
밤사람 하나 훅 지나간 것.

알고 웃고 만 일

웃고 있는 일도 힘들 때가 있다
이마를 눌러도 껄껄 웃고 볼과 주름살을 간질여도 껄껄 웃는 하회 영감탈을 볼 때다

시가 길다고 반만 실은 잡지를 '공간' 시낭독회에 들고와
성찬경 시인은 껄껄 웃고 있다
대(大)문예지에서 이럴 수가 있느냐고

나도 겪은 적 있다
굴지의 언론재벌에서 내는 주간지가 재수록하면서
87행 되는 시 허리 부분 47행을 몽땅 잘라버린 일

시비 옆에 바짓가랑이가 나와

시대의 거지꼴 차림으로
구름 속으로 반장(返葬)되었을까.
구름이 운구해가며
다 데리고 가지 못한
워커 신은 바짓가랑이가
삐죽 나와 있다.
가부시끼로 마음 걷어 세운 김종삼(金宗三)의 시비(詩碑)
광릉내 안쪽 갈비집 마당 앞에 서 있다.

효경(梟經)

올빼미는 먹을 게 없으면 약해진 어미부터 잡아먹고
전갈의 무리는 전갈을 잡아먹는다네.
요즘 어떠신가 사람이 많이 상하고 있네
가까운 사람일수록 상처를 입힌다네
독 오른 혹한 날씨
향그러운 말씀 잘 심어놓았네
눈이나 치고
언 구덩이 얼어죽은 싹 살려나 헤쳐보고
그동안 언 땅에서 수고해준 부삽들 고개 쳐드는 거 다
시 파묻고 있지
헛 부삽질 하는 노동에 폭소 터뜨리며
두문불출

밑생각들

기슭을 향한 노 젓기. 기슭에 가닿으려는 노 젓기.

시간을 거슬러 가다가 토해놓은 설탕,

인식의 배멀미.

관습에 의해 연못에 봉사하는 물.

시간 속에 투명히 켜놓은 부재등(不在燈)들.

내가 찌그러뜨린 캔, 한 번만 사용하고 잊어버린 깡통

따개.

한때 투명하게 실재했던 이름표.

말은 딸랑방울 소리를 내고 싶다.

도낏자루를 힘주어 잡았던 시간의 힘을 소리내고 싶다.

이제 말은

시간 속으로 도주해버린 마차를 찾아다닌다.

마차에서 굴러떨어진 외투는 시인의 것이리라.

상계동 편지
버클리풍의 사랑노래 들으며

안녕하셨어요 삼년 겨울 내내 팔 접고 있었던 공작단
풍이 날개를 조금 폈습니다 저 활짝 필 붉은 잎 붉은 색
깔들을 거느리고 장닭이 홰치듯 선생님 모시고 한잔하고
싶군요

아직도 호박밭과 깨밭 고추밭을 지나 목화구름 쏟으며
시골기차가 다니는 연천 한없이 시골스러운 갑갑한 마음
들 눌러놓고, 연락드렸더니 전화가 주무시고 계시네요

막 풀어놓은 봄햇빛 속에서 이동갈비 가는 차들 막히
고 백운산 계곡 광덕산 등산길 어귀 여인숙에서 하웅백
과 더덕주 속 천산(天山) 골에서 헤매다가 1박 하고 다시
오른, 정상 휴게소 입구 시골 할머니들이 내려놓은 보따
리에서 막 기어나오는 고사리, 기어다니는 산고사리들처
럼 살아 있고 싶군요

굴다리 밑

　박정만이 죽고 얼마 되지 않았을 때지요
　월계동의 최동호와 한잔하다가 소낙비를 만나
　국철 1호선이 다니는 석계역 굴다리 아래로 피신했습
니다
　철길 밑 허름한 판잣집에서 파리 달라드는 족발 대짜
를 뜯으며
　요즘 시가 어쩌니저쩌니 토요일 오후를 한잔하고 있었
습니다
　국철이 머리를 밟고 위로 지날 때마다 철로가 흔들리
고 대못이 튀고
　집이 통째로 흔들렸지요
　그때였습니다 방안으로 들어가 있던 40 후반의 주모가
우리 앞에
　시집 두어 권을 보였습니다 밤늦은 시간이면 혼자 자
주 오던 사람이었다고

올 여름도 그냥 가지는 않는구나

눈 어두운 사람

귀밖에 없어

비야 부탁한다 라디오 좀 틀어보렴

전국에서 목숨의 대행진이 벌어지고 있다

부탁한다 저 저수지같이 어두운 텔레비전도 켜보렴

필요하다면 네 이빨을 써서라도*

* '네 이빨을 써서라도'는 체코의 야로슬라브 세이페르트(Jaroslav
 Seifert, 1901~86) 시 「페스트 기념비」의 한 구절.

국도

누런 흙물에 쓸려
무너져내린 용미리 공원묘지
국도(國道)로 흘러내려온 수많은 인간들의 해골과
발에 차이는 관짝들.
해골들 입 벌리고
눈구멍 뚫린 채
현대공업사 공터와
SK주유소 마당까지 들어와
제 몸뚱이 찾아다니고 있다.
트럭과 자가용과 버스가 뒤얽힌 사십삼번 국도.
빗물에 굴러다니는 인간의 해골을 밟고
걷어차며, 축사에서 뛰쳐나온
돼지들이 국도를 돌아다니고 있다.

양파

옷을 잔뜩 껴입고 사는 여자가
모임에 나오곤 했었지
어찌나 많은 옷을 껴입고 사는지
비단을 걸치고도 추워하는 조그마한 중국여자 같았지

옷을 잔뜩 껴입고 사는 그 여자의 남편도
모임에 가끔 나오곤 했었지
남자도 어찌나 많은 옷을 껴입고 사는지
나온 배가 더 튀어나온 뚱뚱한 중국남자 같았지
그 두 사람 물에서 건지던 날
옷 벗기느라 한참 걸렸다네

동선동 송이

오라는 예술원 회원 절레절레 흔들고
문 닫아버린 성북구 동선동 구용(丘庸) 선생
한옥집 대문 두드려보면 숨을 것 같다
산 채로 썩어간 고산 송이 같은 향

돌호랑이

뻐꾸기 소리 경기도 남양주 사릉(思陵) 뒷숲
간간 적막한 돌다리 건너간다.
깨우러 와도 일어나지 않는 왕몽(王夢)의 바위
더 깊이 박아놓고 있다.
이 적막 아무도 얼씬 못하게
마른하늘에서 으르렁거리는 호랑이
산 채로 잡아다 능을 지키게 하리라.

청동얼음

나는 요즘 세상의 모든 일간신문들이 눈이 되지 못함
을 알겠다
활자를 지우고 대신
허허백지 1면에
보신각 기둥을 꿇어앉히겠다
이 겨울 청동처럼 얼어터진 폭포 썽둥 베어
보신각 앞에 같이 꿇어앉히겠다
내설악 주전골 동굴 속 냉동지식도 묶어와서
같이 꿇어앉히겠다

황학산

황학산(黃鶴山)에 뻐꾸기 운다.
내 저 뻐꾸기 울음소리 산 채로 잡아
석빙고(石氷庫) 안에 가둬서 기르다가
백년 후쯤 산문(山門)에 열어놓으리라.

대설(大雪)

한 사나흘 눈 맞더니 멀리 도봉 윗부분이 활짝 개었다
단단한 눈 더 맞더니 봉봉마다 큰 꽃 피어 있다

저 만장봉 신선봉 위에서 꽃 밟고 있는 사람들

대자 붓

대(大)자 붓털 속에는
해발 1천 고지 천황봉 사자평 억새풀 들끓고 있다
내 저 사나운 억새풀 감아쥐고
전신화염으로 땅 위에 대자를 쓰렷다.

와송처럼

파르테논 기둥쯤 와서
거대한 품 안을 들여다볼 수 있었다.
폐허의 하중을 견디고 있는
기둥감 하나 슬쩍 해오고 싶었다.
기둥서방으로 삼고 싶었다
고래 같은 품 하나 크게 안고
등이 안 닿게
비스듬히 누워 있는 우리나라 와송(臥松)처럼.

시선생

쓸모가 없어져가는……

많이는 아니고
조금……

잊혀 있다가도 일년에 한두 번,
류기봉네 포도밭에서 만나게 되는
바람……

오래는 아니고
조금……

나무그늘 밑에 같이 앉아 있다가
내려오는
사람이 아니라
바람……

그 바람이
내 시선생이다.

조금이 아니라
아주 많이……
시간 내고 있는 바람이.

내 앞에다 패대기치는 시골비

날씨가 하도 좋아
시가 모두 도망쳐버린 머리통을 하늘로 띄워보내고
광릉 전나무숲을 걸어 들어간다
더 깊이 걸어가보자
더 깊숙이 들어가보자
더 높이 더 멀리 나는 떠내려간다
산림목욕탕 옆을 지나
내 머릿속에서 뚜껑을 열고 도망친 고무풍선들
활짝 핀, 하늘과 바람과 숲과 공터
그 공터에서 한두 시간쯤 나는
지나가는 아무 처녀한테 이 끈을 맡기기로 한다
나를 송두리째.
시골처녀가 나를 싣고
광릉내 안골로 들어가 길도 나지 않은
더 안골로 들어가 꺾어온 뻿센 여름 시골비
내 앞에다 패대기를 친다
하늘나리 장구채 개불알꽃 기린초 털중나리 동자

꽃……

　온, 시골 흙투성이의 비와 꽃냄새들 속에

　나를 내동댕이친다

　야생화 무리 속에 작고한 화종(花種)처럼 들어앉은 이

머리통을 아, 좀더 패대기쳐다오

줄들 잘 서라

밥이나 먹고 내려가시죠
시창작 강의실에 강사로 온 내가
눈 속에 빠진 바퀴처럼 좀 어리둥절하다
석쇠에 앉은 눈발처럼 학생들이 서넛 앉아 있다
맞고 걸어왔던 눈 여기에 고스란히 쏟아놓으면 되겠군
'시 너무 이랬다저랬다 뒤집으면 속까지 탑니다'
눈 속에 겨울나무들 식판 들고 줄 서 있다 창밖에서 벌
서고 있다
식판 위에 눈 소복하다
취사장에서 본, 수백만 개의 고깃덩어리를 구워낸 힘
찬 화덕, 햄버거 같은 학생들
눈이 연병장을 쓸고 있다 쓸어도 쓸어도 소용없는 눈을
'첼란이라는 시인 말야, 식판 들고 저렇게 서 있었습
니다
그때는 새치기가 중요한 시절이 아니라
줄에서 다른 줄로 슬쩍 새는 게 중요했지요
살려면 줄에서 빠지는 게 중요했습니다'

자, 오늘은 그만 하고 식당으로 가지
(헌금함에다 돈을 넣는다)
자 줄에 붙어, 먹고살려면
요즘은 굵은 줄에 붙는 게 중요해

크게 저지른 일

제주 신천지 조각공원 헐값으로 넘어가고,

(운보기념관은 내놓아도 보러 오지도 않는 데 비하면 야)

그 헐값으로 바꾼 양평군 양동리 8만평 산야

(조건부로 끼워 판 쓸데없는 전답 만평을 포함해서)

그 산에 조각을 옮겨와야 한다.

제주조각공원이 헐리고 그 위에 호텔 어떤 모습일까.

인수조건이 가관이다

제주시에서 20분 거리인 신천지 조각공원에 가꾸어놓은 3백여 점 조각은

필요없고, 그 알짜 땅만 필요하다는 것이다.

(국제관광도시 조성을 위한 마천루 같은 호텔?)

신천지 조각공원은 제주시가 앞장서 보존하거나 지원해야 했는데

(그런 말씀 마쇼, 그거 개인 꺼잖소)

조각가 정관모 선생은 요즘 머리가 아프다.

이미 부지는 팔았고 조각들을 어딘가에 옮겨야 한다.

20여년 전 나도 정선생을 따라가 제주에 내려가 있었다

과감히 용단을 내리리라 북돋았다

(그땐 촌스런 도였지 시가 아니었다)

모든 걸 털어넣으며 막상 조성해놓고 보니, 조각보다는

먹고 싸는 배설이 미덕인 덕분에

돈을 내고 조각을 보러 오는 사람이 없는 것이다.

그나마 도내 학생들이 미술수업차 단체로 오고 갔지만.

(애초 디즈니랜드 같은 놀이동산이나 유원지로 시작했

어야 했지 않소?)

(예술가놈들 정말 골 볐지)

온 세월 애정을 거기다 쏟아 부은 셈이다

남은 건 헐값에 넘어간 땅에 서 있는 시큰둥한 조각들

양동면 8만평 산야로

데려오자니 걱정이 태산이다.

카와바따 야스나리가 소설을 쓰던 어촌마을 위 이즈산

(伊豆山) 위에

하꼬네 조각의 숲 공원처럼 조성할 수도 있겠지만.

(여보쇼 그건 후지그룹 차원이었지 이건 개인 혼자 아
니요
거기도 감량경영, 허덕허덕대고 있는 거 모르오?)
이미 팔려버린 제주 신천지 조각공원땅 버려진
조각을 옮겨놓을 것을 상상해보면
나도 머리에 쥐가 난다.

포크레인 인부 동원해 대형조각을 땅에서 뽑아올리
고…… 트레일러에 조심스레 싣고 묶어…… 뱃시간 맞추
어 제주항에 대고…… 다시 내려, 원치를 동원해 배에 선
적하고 묶어…… 목포항에다 하역하고, 시간 맞추어 미
리 대기시킨 트레일러에 옮겨 싣고…… 목포에서 경기도
양동면까지…… 싣고 내리고 싣고 내리는…… 전과정이
깨질세라 다칠세라 조마조마한 순간의 연속이다
(이삿짐 옮기는 일이 아니다)
(인부는 조각가로 고용해야 할 판이다)
생각해보아도 이삼 미터나 되는 그 모뉴망

하루에 옮길 수 있는 양 네다섯 점 될까,
3백여 점이 넘는 그 대형 조각들!
옮기는 세월만 해도…… 머리에 쥐가 날 판이다.
(이분 나이 낼모레면 칠십인데)
(아무래도 너무 크게 저지른 일 같네요 옛날 제자들 있
잖습니까 제자들 총동원령을 내리시죠)
(그게 힘들다우 전부들 다 교수 되어 지방에 흩어져 있
고 중견이 되어 골프 치며 제 살길 바쁘고 잘 나가고 있
는데)
저 혼자 잘 나간 놈 어디 있으랴
잘 나간 건 돌부리에 걸려도 넘어간 시냇물뿐.

시냇물이, 강이, 우리 뒤로 흐른다.
조선생, 오늘은 미술 얘기 그만 하고
사는 거 얘기하십시다
양동면으로 렉스턴을 몰며 노인이 달리고 있다.
마을이, 산이, 뒤로 뛰고 있다.

원주 쪽으로 바싹 붙은 양평군 양동면

서울보다 청랭포 허허벌판이 아주 가깝다.

헬스장에서 땀 빼고(힘 다 빼고)

쑥탕 허브탕 바스크린탕 한약재탕 옮겨다니며 일출봉
은 보러가도

이 시대에 조각 돈 내고 보러 몰려올 이 얼마나 될까.

(수세미처럼 심어놓은 헨리 무어 조각도 보러 오는 시
대가 아닌데)

하지만 한 노인이 마주하고 있는 저 자신없이 완성한
풍경.

틀 속에 들어차 있는 싱싱한 산과 바람과 해와 나무와
인간.

(옛날 둘이서 경주서 서울 올라오는 길에 청주 지나다
밭에서 왕벌 쏘여 쓰러진 노인 차에 태워 시내 병원까지
태워다주고 돌아서 올라온 적이 있었다)

나는 자꾸만 그 노인이 왕벌에 쏘인 채

내 옆에 있는 것 같다

(여기가 바로 새로 조성할 조각공원이라우)

내 눈에는 산 윗부분이 윤곽은 뚜렷하지만 흐릿하게
다가온다

(완성이란 흐릿한 것이 아닐까)

은박지 속의 오후

깨밭 가는 사잇길 목화 트는 소리가
은박지 같이 환한 오후다
죽은 지 30년도 더 된 용직이*가 누워 있다가
교복차림으로 걸어오고 있다
아직도 한양대 학생모를 벗지 못한 채
내동댕이친 국문과 청강생 가방을 들고
김종길 역 엘리어트 귀절 흥얼대며

* 金容稷(1946~74). 목월 추천 『현대시학』 등단. 알콜중독으로 사망.

자유문학 표지화

년도는 기억나지 않는다
겉장만 마음속에 넣고 다녔다

한 아이가 막대기 들고, 저물어가는 저녁해
찌르러 언덕을 뛰어가는
이중섭의 『자유문학』 표지화

그 그림 떠올리며 시 공부 혼자 할 때
사과나무 밭에서 눈 올 듯한 저녁하늘도 불러내고
몇달 동안 공사 때문에 막아놓은 언덕길도 불러냈다

가끔은 서로 돌아가며
시계 풀어 술 사먹고 막힌 길에 겨울나무처럼 서 있었다

한없이 눈 맞는 겨울나무처럼이 아니라
한없이 눈 맞아주는 겨울나무같이……

■
해설

무(無), 출발과 회귀의 시원

홍용희

조정권 시세계의 출발과 종착은 태초의 원형에 해당하는 활동하는 무(無)의 세계이다. '활동하는 무'란 단순히 있음의 상대로서 없음이 아니라, 오히려 모든 있음의 어머니이며 모든 있음이 사라져가는 세계이다. 그래서 이때의 무는 심원하고 풍부한 무형무한의 유에 해당한다. 일찍이 세계의 모든 존재를 유–무의 진동으로 바라본 장자(莊子)의 화법에 상응하는 무인 것이다. 조정권은 이와 같은 무의 세계를 10여년 전까지는 가파른 산정을 향한 수직적 상상력을 통해 추구해나갔다면, 이번 시집에서는 수평적 상상력을 통해 추구하고 있다. 다시 말해, 그동안의 그의 시세계의 형세가 '묘지' 같은 절대 무의 세계를 절벽처럼 깎아지른 천상에서 견성(見性)하고자 하는 수직적인 상승곡선을 이루었다면, 10여년 만에 간행하는 이번 시집에서는 지상의 도처로 떠도는 수평적인 여로형으로 나타나고 있다. 그래서 시적 화법 역시 차갑고 강인하고 비장한 산정(山頂)의 어조에서 소박하고 나직하고 유순한 대지적 일상의 어조로 변모하고 있다. 그러나 물론 그의 시세계의 본령이 무의 시학을 바탕으로 한다는 점은 일관된다. 실제로 그의 시편들은 패권적 이념과 권력의지가 경쟁적으로 팽만해가던 시대에도 역설적으로 비움과 틈의 허공을 지향해왔다. 1980년대 중반에 간행된 『허심송(虛心頌)』을 비롯한 일련의 선적 미감과 정신주의의 시편들은 이 점을 또렷하게 보여주는 징표이다.

초기 시세계의 중심지대를 관류하던 「백지(白紙)」연작의 첫 번째에 해당하는 다음 시편은 조정권 시의 원적(原籍)을 명징하게 확인시켜준다는 점에서 되살펴볼 필요가 있다.

꽃씨를 떨구듯
적요한 時間의 마당에
白紙 한 장이 떨어져 있다.

흔히 돌보지 않는 종이이지만
비어 있는 그것은
神이 놓고간 물음.
시인은 그것을 十月의 포켓에 하루 종일 넣고 다니다가
밤의 한 기슭에
등불을 밝히고 읽는다.
흔히 돌보지 않는 종이이지만
비어 있는 그것은 神의 뜻.
공손하게 달라 하면
조용히 대답을 내려주신다.

—「白紙·1」 전문

"백지"란 아직 무엇으로도 채워지지 않은 텅 빈 여백이
다. 다시 말해서, 있음이 지워진 없음이 아니라, 있음과
없음 이전의 없음이다. 따라서 백지는 모든 생성을 예비
하는 창조의 산실이며 원형이다. "적요한 時間의 마당
에" 떨어진 "白紙 한 장"을 "꽃씨"에 비유한 것은 생성의
시원으로서의 백지의 존재성에 대한 강조이다. "시인은"
백지를 "밤의 한 기슭에 / 등불을 밝히고 읽는다". 그곳에
서는 "神의 뜻"이 배어나온다. 물론 여기에서 신이란 종
교적인 절대자를 가리키는 것은 아니다. 모든 삼라만상

의 원적인 "太虛의 고요"(「산정묘지·8」)를 가리킨다. 태허란 극이 없는 텅 빈 무로서 유한한 형태를 낳는 근원이다. 따라서 시인이 "백지" 위에 쓰는 시는 "無의 노래"이며 "無의 성숙한 열매"(「산정묘지·7」)라고도 할 수 있다. 그러나 무에서 생성한 유란 다시 무로 회귀하는 것이 그 본래의 속성이다. 우주의 삼라만상은 대기 속으로 사라지는 숙명을 지니지 않던가. 조정권이 "時間 속에 時間을 중첩시키며 時間을 無名化하는/行爲 속에 行爲를 중첩시키며 行爲 자체도 無名化하는"(「白紙·4」, 『詩篇』) 작업을 반복적으로 노래하는 것은 무의 출발과 회귀로서의 존재성에 대한 명시적인 표현이다. 마치 삶의 과정을 더하는 것이 죽음의 정적에 이르는 도정인 것과 같은 이치이다.

이미 앞에서 언급한 바처럼, 이러한 출발과 회귀로서의 백지의 세계가 동서양의 철학적 존재론과 자연의 신성성을 섭수(攝受)하면서 "얼음처럼 빛나"(「산정묘지·1」)고 견고한 수직의 능선을 펼쳐 보인 것이 『산정묘지』와 『신성한 숲』의 본령이었던 것이다. 특히 "산정묘지"에서 "산정"이란 "아직은 태어나지 않은 고요/아직은 태어나지 않은 시간/아직은 태어나지 않은 노래"(「산정묘지·9」)의 영토라는 점은 앞에서 살펴본 생성의 근원으로서의 "백지"와 근원적 동일성을 지닌다.

이번 시집에서 이러한 "백지"는 시적 자아의 마음속으로 들어와 일체화된다. 이를 암시적으로 보여주는 시가 「이 마음의 걸(乞)」이다.

어제는 잎 다 떨구고 있는 저녁비
혼자 가게 했다.
거적때기 밑에 꺼져 있는 햇빛.
거 누구요,
거 뉘시요.
땅거미가 먼저 나와 있다.

이 마음의 걸(乞).

거적때기가 몸뚱어리로 보인다.
한눈파는 사이 세상엔 눈이 내렸다.
얼음밤세상으로 변해 있다.

이 마음의 걸(乞).

이 밤에 방금 받은 겨울 산문집.
그 속에 들어 있는

138

김지하 선생의 손을 쥐고 싶다.
먼저 걸어간 마음의 걸,
걸(乞), 그러나 뜨거운.
뜨거운, 행(行).

눈이 또 온다.
흰 눈 시체들 나를 밟고 지나간다.
더 밟아다오.
더 나를 밟아다오.

—「이 마음의 걸(乞)」부분

"이 마음의 걸"이란 앞에서 살펴본 「白紙·1」에서 화자
가 "포켓에 하루 종일 넣고 다니"던 "백지"가 마음 그 자체
가 된 형국이다. "한눈파는 사이" 세상에 내린 "눈"의 풍
광은 "적요한 時間의 마당에" 떨어져 있는 "白紙 한 장"에
상응한다. 눈과 백지 모두 아직 무엇으로도 채워지기 이
전 텅 빈 태허의 공간에 대응되기 때문이다.

시적 배경은 나무들이 "잎 다 떨구고 있는" 수렴의 절기
이다. 삼라만상이 외적 형상을 모두 거두어들이고 도저
한 내성의 길을 추구하고 있다. 시적 화자 역시 스스로
자신을 비우고 낮추어 허랑한 "거적뙈기"의 더미로 객관

화하고 있다. "한눈파는 사이 세상엔 눈이 내"려 "거적뙈기"는 백지 같은 흰색으로 덮여간다. "흰 눈 시체들"은 점점 더 두텁게 쌓인다. 흰 눈이 거적뙈기 위를 "밟"고 지나갈수록 시적 화자는 점점 더 백지의 원형에 가까워진다. 시적 화자 자신이 곧 "백지"가 되어버린 형국, 이것이 곧 "이 마음의 걸(乞)"이다. "마음의 걸(乞)"이란 노자의 무위(無爲)나 불교의 무념무상(無念無想)과도 상통한다. 무위나 무념무상에서 무란 소극적인 없음이 아니라 적극적인 창조적 행위로서의 의미를 지닌다. 즉, 무위란 하지 않으면서도 못하는 것이 없음을〔無爲而無不爲〕, 무념이란 생각하지 않으면서도 생각 못함이 없음을〔無念而無不念〕 속성으로 한다. "마음의 걸(乞)", 즉 욕망과 집착의 덩어리를 비워내는 마음의 무명화는 왕래가 자유롭고 조금도 걸림이나 막힘이 없는 창조적 근원의 진공상태를 가리킨다. 그래서 시적 화자 역시 "걸"(乞)을 가리켜 "뜨거운, 행(行)"이라고 규정하고 있다.

이제 조정권은 스스로 춥고 허랑하지만 "뜨거운", "마음의 걸"을 단단히 견지하면서 "국내망명자"(「떠도는 몸들, 몸 둘 데를 모르고」)처럼 비장하고 진지한 자세로 일상적 삶의 안과 밖을 향한 여로를 떠난다. 즉, "마음의 걸(乞)"의 여로가 이번 시집의 본령이다. "이 마음의 걸(乞)"의 여로에서 만나는 인간사는 대체로 피로하고 어두운 표정을 드러낸다. 세상의 지배논리는 한 개인의 삶의 가치와 의미와 윤리를 수시로 탈취하고 마모시켜나간다.

① 내가 광주에 있었다면 벌써 죽었을거요

  (…)

  어디 혼자 들어가 통곡할 만한 큰 방 없소?

  수염 부축하며 배웅해드렸다

  하늘이 살려놓은 저녁해가 인사동 골목길에서 머리 쾅쾅 부딪고 있다

  혼자 통곡할 수 있는 방을 설계하는 건축가는 없다, 시인뿐이다

  —「어디 통곡할 만한 큰 방 없소?」 부분

② 한번도 술과 장미의 나날을 들어볼 시간을 안 준 세상.

  한번 찾아가 뵀어야 했는데.

  벽제에나 가야

  계실까.

  —「떠도는 몸들, 몸 둘 데를 모르고」 부분

③ 연소불량의 하루 혹은 젊음.
　빨리 타기를 기다리며
　아니 빨리 타 주기를 기다리다가
　내 젊음은 무참하게 장미꽃들을 꺾으며 휘날려버렸다
　　　　　　　　　　　　　―「새 꽃이 피어 있다」 부분

　이 시편들에서 드러나듯, 조정권의 시세계에 등장하는
인간 삶은 대체로 어둡고 스산하고 음울하다. 물론 이러
한 삶의 신산스러움은 시 ①의 경우에서처럼 구체적인
역사적 사건에 의한 것일 때도 있지만 그러나 대부분이
세상사의 일상성 그 자체에서 기인한다. 그것은 마치 오
랜 여행이 사람을 지치게 하고 "구두 속에서 살려달라고
애원하는/발등과 발가락"(「떠돌았던 시간들」)의 고통을 감
내해야 하는 것처럼 자연스럽게 여겨진다. 그래서 인생
은 "허무와의 비행기록"(「아데니움」)이며, 반복되는 "연소
불량의 하루"들이다. 이 점은 또한 그가 여행지에서 주로
만나는 고전적인 인물들의 경우에도 동일하게 나타난다.
40년 고독을 감내했던 발레리, 음독해서 죽은 오스트리
아 시인 볼프강 헤르만, 마약중독자로 살았던 게오르크
트라클 등등 어두운 표정의 인물들이 시집 도처에 거주
한다.

그러나 조정권의 시편들은 어디에서도 비극적인 몸짓이나 목소리를 표나게 부각하거나 강조하는 진폭이 도드라지지 않는다. 오히려 감정의 곡선은 지나칠 정도로 단조롭고 평이하다. 세계의 일상성을 향한 수평적인 여로형은 수직적인 상상력의 수사와 얼음처럼 차가운 명상의 언어를 휘발시키고 실온으로 상승시킨 것이다. 그럼에도 불구하고, "중세의 음울하고 몽환적인 늙은 길"(「떠돌았던 시간들」)의 풍경이 자연스럽게 배어나오는 것은 건조하면서도 나직한 산문적인 서술형의 통사적 반복을 통해 얻는 독특한 효과이다. 특히 비교적 장대한 형식을 지닌 「국내망명시인」, 「떠도는 몸들, 몸 둘 데를 모르고」, 「떠돌았던 시간들」 등에서는 산문적 서술형의 건건함이 자아내는 이와같은 독특한 분위기가 더욱 실감나게 감지된다.

한편, 그의 시적 표현의 또다른 특징으로는 음악적 감수성을 들 수 있다. 그는 시적 대상의 풍경을 바라보기보다는 오히려 듣고 있다.

비엔나 숲속을 식물들의 요양소로 쓰고 있더군요
치매 걸린 시냇물이 흘려보내는 현악기의 음도 들었습니다
플루트 소리 나는 나이팅게일, 메추라기 울음 우는

오보에

　뻐꾸기의 플루트 소리도 들었습니다.

—「무슨 일이 또 있었나요」 일부

　프라하의 밤은 둔중한 통주저음〔basso continuo〕을 낸다.

　신은 이 도시가 인간처럼 변성기를 맞이하는 것을 슬퍼했을 것 같다.

　도시의 음성을 오랜 세월 보존하려고 거세하고 싶었으리라

　밤늦게 헤매는 늙은 전차는 바리톤? 수천개의 외등은 테너?

　넋 잃고 언덕에서 바라본 100개의 첨탑은 피아노의 가장 높은 음인 C^3 마이너?

　화형당한 종교개혁가 얀의 동상이 있는 구광장은 잿빛바닥에 내려앉은 G음?

—「프라하의 음(音)」 일부

　대상을 '보다'와 '듣다'의 가장 큰 변별성은 무엇일까? 그것은 사물에 대한 인간 중심의 인식론적 벽을 넘어서서 사물의 사고와 감정의 세계에 대한 전일적인 소통과

연관된다. 다시 말해, '보다' 혹은 '묘사하다'가 사물의 실재를 반영하기보다는 주체 중심의 시각에서 재구성하는 속성이 강하다면, '듣다'는 사물의 진정성에 대한 직접적인 감득에 가깝다. "비엔나 숲속을 식물들의 요양소로 쓰고 있더군요 / 치매 걸린 시냇물이 흘려보내는 현악기의 음도 들었습니다"(「무슨 일이 또 있었나요」) 등과 같은 시적 대상에 대한 음악적 감각은 메시지뿐만이 아니라 말로는 온전히 표현하기 어려운 영혼의 소리를 직접적으로 전달하기에 효과적이다. 물론 조정권의 시세계가 모두 음악적 감성을 기반으로 하고 있는 것은 아니다. 그러나 이와 같이 마음으로부터 느끼고 공명하는 통감각적인 방법론이 그의 시적 주제의식을 형식미학의 변화와 의미 전달의 강약보다, 정황을 통한 정서적 호소와 환기력에 가깝게 한 것으로 보인다.

한편, 조정권의 이번 시집의 주조음을 이루는 어둡고 스산하고 음울한 음조는 마침내 "죽음"의 이미지와 연결된다.

① 바람과 비와 먹구름들을 실어나르는 하오의 언덕
    태어나 햇빛 쏘이며 사랑하며 거닐었던 처음의 장소는
    시간은 무르익을 대로 익은 포도밭으로 변해 있다.

나를 리어카에 실어다 검은 포도와 함께 불사를 때
가 되었다.

— 「시인의 생가」 부분

② 말은 딸랑방울 소리를 내고 싶다.
　　도낏자루를 힘주어 잡았던 시간의 힘을 소리내고
싶다.
　　이제 말은
　　시간 속으로 도주해버린 마차를 찾아다닌다.
　　마차에서 굴러떨어진 외투는 시인의 것이리라.

— 「밑생각들」 부분

시간의 물결이 쓸고 간 뒷자리는 항상 적막 같은 죽음
을 남긴다. 모든 생명은 "시간 속으로 도주해버"리기 때
문이다. 시 ①은 시적 화자 스스로 자신을 "리어카에 실
어다" 불사르는 추수한 이후의 "검은 포도"와 동일시하고
있다. 이미 자신의 삶이 "하오의 언덕" 기슭에 이르고 있
으며, 그래서 "태어나 햇빛 쏘이며 사랑하며 거닐었던 처
음의 장소는" 이미 "무르익을대로 무르익은" 늦가을로 변
했다는 것이다. 시 ②역시 마찬가지로 시간의 흐름을 노
래하고 있다. 시간의 흐름은 말과 마차의 연결끈을 점점

녹슬게 하여 마침내 분리시키는 결과를 가져온다. 그래서 그 마차에 타고 있던 사람은 "굴러떨어진 외투"의 흔적으로만 남게 된다.

이외에도 「도곡리의 주검노래」 「아데니움」 「두 개의 주검노래」 「굴다리 밑」 「국도」 「양파」 등 많은 시편에 죽음의 그림자가 짙게 파고들어와 있다. 그렇다면, 그의 시 세계에 나타나는 죽음의 실체는 과연 무엇이라고 정리할 수 있을까? 이러한 물음 앞에 시인은 다음과 같은 시편을 쓰고 있다.

옷을 잔뜩 껴입고 사는 여자가
모임에 나오곤 했었지
어찌나 많은 옷을 껴입고 사는지
비단을 걸치고도 추워하는 조그마한 중국여자 같았지

옷을 잔뜩 껴입고 사는 그 여자의 남편도
모임에 가끔 나오곤 했었지
남자도 어찌나 많은 옷을 껴입고 사는지
나온 배가 더 튀어나온 뚱뚱한 중국남자 같았지
그 두 사람 물에서 건지던 날

옷 벗기느라 한참 걸렸다네

──「양파」 전문

삶이 "옷을 껴입"는 것이라고 한다면 죽음이란 옷을 벗
는 것으로 규정된다. "비단을 걸치고도 추워"했으나 이제
는 하나하나 양파를 벗기듯이 옷을 벗는 것이 죽음인 것
이다. 물론 이렇게 보면, 삶의 과정이란 처연한 "허무와
의 비행기록"(「아데니움」)에 다름아니다. 그러나 "나온 배
가 더 튀어나"오게 하는 거추장스러운 짐 같은 옷들을 벗
어버리는 해탈의 가벼움이 또한 죽음이기도 하다. 그래
서 죽음은 태허에 이르는 무위의 세계와 친연성을 지닌
다. 앞의 시편은 노자가 무위의 도(道)에 대해 말했던 "세
상에서 말하는 배움을 행하면 매일 더해간다. 그런데 도
를 행하면 매일 줄어든다. 줄고 또 줄어 무위에 이르게
된다"(爲學日益, 爲道日損, 損之又損, 以至於無爲)는 잠언
을 환기시킨다. 이 점은 조정권의 시세계에서도 마찬가
지여서 죽음은 처연한 비극적 운명의 대상만이 아니라
지극히 고결하고 평온한 자재로움의 세계로도 나타난다.

① 돌밑 숨소리 들려온다 내 음악은 이런 것이다
  맹인 파이프오르가니스트 헬무트 발햐가 육중하게

페달을 밟으며 내 가슴에 손을 얹고

　내 몸을 연주하도록

　나는 저녁이면 하얀 시트 위로 눕는다

　첼로 이전의 원전악기(元典樂器)인 비올로

　나를 해독하도록

—「주검노래 초(抄)」 부분

② 오라는 예술원 회원 절레절레 흔들고

　문 닫아버린 성북구 동선동 구용(丘庸) 선생

　한옥집 대문 두드려보면 숨을 것 같다

　산 채로 썩어간 고산 송이 같은 향

—「동선동 송이」 부분

　이 시편 모두 죽음이 가장 평온한 안식이며 고매한 정신으로 변주되고 있다. 시 ①의 제목은 '주검노래'이지만 실제 내용은 음악 감상에 심취하고 있는 정적의 시간이다. 죽음은 이처럼 열반 같은 행복이기도 한 것이다. 시 ② 역시 죽음 같은 삶의 정적에 대한 예찬이다. 이와같이 죽음의 고요는 삶의 성소이며 좌표가 되기도 한다. 그것은 죽음이란 바로 모든 존재의 원형에 해당하는 무의 세계에 다름아니기 때문이다. 무란 이미 앞에서 누차 강조했던 것처럼 존재하는 유형의 창조적인 근원이며 산실이다. 이것은 마치 텅 빈 허공의 "구름이 눈 뿌리는" 이치와 상통한다.

　더 가보아도 구름밖에 없다오
　구름이 눈 뿌리는 걸 보니

—「눈의 흔적」 부분

　조정권의 시세계에서 "구름이 눈 뿌리는" 상황에 대한 노래는 그의 시적 기저음을 이루는 음울한 죽음이 죽음으로 그치지 않고 강한 생명력으로 선회할 수 있는 한 가능성을 시사하는 것으로 읽힌다. 그의 시세계에 자주 등장하는 "선인장"을 비롯한 식물적 이미지들이 그 구체적인 징표이다. 그의 시세계에서 "선인장"은 일관되게 강력한 생명력의 화신으로 등장한다. 선인장의 생명력은 "흙 나르는 수레바퀴에 구멍을 내"(「금호철화」)기도 하고, "바위를 굴복시킬 듯한 어마어마한"(「장군선인장」) 체격을 자랑하기도 한다. 인간은 자신이 그린 "그림을 시멘트로 덮고 또 덮"으며 자취도 없이 소멸되어가도 "사막장미는 짐승의 내장 속에 고인 핏물에 뿌리 내리며／더 강하고 진한 꽃을 피워"낸다.(「아데니움」) 시적 화자는 바로 이와같은 "선인장 농원"에서 구해온 "공작선인장과의 여러해살이 풀"을 "입동 지나면서는 베란다에서 안방으로 들여놓고 같이 살고 있다."(「月下美人」) 시적 화자는 세월과 더불어 "시간 속으로 도주해버린 마차"(「밑생각들」) 속에 갇히어 사라진다 해도 "공작선인장과의 여러해살이 풀"은 지속적으로 왕성하게 살아갈 것이다. 선인장은 곧 "오래된 미래"(「오래된 미래」)이다. 그래서 시인은 "선인장 기르는 법을 깨우"친 사람을 가리켜 "도인"(「도인(道人)」)이라고 지칭하기까지 한다. 선인장의 생육은 "오래된 미래"의 운행 원리에 해당하기 때문이다. 이번 시집 전반의 정서적 분위기가 대체로 겸허하고 누추한 "마음의 걸(乞)"의 기운을 유지하고 있으나 "선인장"을 비롯한 식물들은 지속적으로 강인한 생명력과 놀라운 적응력의 표상으로 그려진다. 이 서로 다른 변별성은 어디에서 연원하는 것일까? 여기에 대해 시인은 "유골(遺骨)에 핀 노오란 꽃!"을 보여주고 있다.

마야 유적이 있는 치첸이싸 광대한 용설란 밭이
옛 도시가 묻혀 있던 자리라 한다

(…)

닫아도 닫아도 열리는 지린내

길가에 뒷간문처럼 열어놓는 지린네들

이 지린내들 만이 멸종을 면했다

유골(遺骨)에 핀 노오란 꽃!

난백(卵白)색 꽃들

유백색 꽃들

회백색 꽃들

—「꽃의 유골」 부분

　"마야 유적"지대의 "옛 도시가 묻혀 있던 자리", 즉 인
간사가 완전히 사라진 텅 빈 자리에 꽃들이 강렬한 향기
를 뿜어내며 피어 있다. 즉, "노오란 꽃／난백색 꽃들／유
백색 꽃들／회백색 꽃들"이란 "백지"화된 마야 유적지 고
대도시의 노래이며 열매이다. "유골" 즉, 그 무의 심연이
"꽃들"의 강렬한 생명의 근원이며 원형이다. 이렇게 보
면, 조정권 시인이 굳이 선인장에 지속적으로 관심을 드
러내는 것은 그것이 사막지대의 식물이란 점과 무관하지
않을 것이다. 사막은 삶과 죽음이 교차하는 혹은 그 이전
영도(零度)의 지점에 해당하는 무의 세계의 대표적인 표
상이다. 또한 인간 삶보다 식물의 생명력을 절대우위에
두는 것은 자연의 질서와 대비되는 인간세계의 인위적인

지배질서의 반(反)생명성에 대한 반성과도 무관하지 않을 것이다.

결국, 이번 시집의 중심부를 관류하는 "마음의 결(乞)"의 여로는 유한한 삶의 끝자리에 해당하는 무의 심연에 대한 직시와 더불어 바로 그곳으로부터 기운생동하는 생명적 탄생의 힘을 감득하고 있다고 할 수 있다. 그는 이번 시집에서 삶의 출발과 회귀점으로서의 무의 심연을 수평적인 여로형의 상상력을 통해 동시에 관조하면서 우리들에게도 이를 일상적인 눈높이에서 직시할 수 있도록 펼쳐 보여주고 있는 것이다.

洪容憙 | 문학평론가

■
시인의 말

　조릿대 세(笹)와 눈 설(雪), 세설(笹雪)이 베란다 귀퉁이
에서 4년 겨울을 났는데도 소식이 없다. 추운 곳을 좋아
하고 더운 곳은 기피하며 제 몸안의 수분만으로도 삼년
은 견디는 선인장속(屬) 다육식물이다. 말리듯이 길러야
하며 여느 식물처럼 물을 주다간 썩어버린다. 얼어죽을
까 염려스러워 이곳저곳 옮기다간 여지없이 죽는다. 잘
길러보려는 상식이 통하지 않는 이놈을 시처럼 대하며,
집착을 버리니 마음은 자유롭고 조급함도 버리니 몸이
가벼움을 배웠다.

　시 쓰는 일이 그렇다. 어떤 간절함이 괴어 있다가 꽃대
를 밀어올리는 일이 있지만 오랜 메마름이 게으름을 바
깥으로 쫓아내는 일도 있다. 이번 시집이 그런 경우이다.
삶의 진정한 수척함은 '걸(乞)' 속에 내포된 강골(强骨)과
청빙(聽氷)으로 뻗어가야 하나 내 언어들은 거기 닿기는
커녕 멀리 떠돌기만 했다. 시집을 준비하던 연초 내내 거

적뙈기 밑에 꺼져 있는 햇빛 같은 것을 들추고 있는 심정이었다.

10년 만에 내는 일곱 번째 시집이다. 제목을 『떠도는 몸들』로 삼았다. 변화나 진전도 없는 내가 껴입고 살았던 마음 살림살이의 가난한 꼴을 끄집어 보여주는 데 솔직하다고 생각하였다.

창비에 고마움을 전한다.

2005년 5월
조정권

창비시선 246

떠도는 몸들

초판 1쇄 발행/2005년 5월 14일
초판 2쇄 발행/2011년 6월 20일

지은이/조정권
펴낸이/고세현
편집/김정혜 문경미 안병률 강영규 황경주
미술·조판/윤종윤 한충현
펴낸곳/(주)창비
등록/1986년 8월 5일 제85호
주소/413-832 경기도 파주시 교하읍 문발리 513-11
전화/031-955-3333
팩시밀리/영업 031-955-3399 · 편집 031-955-3400
홈페이지/www.changbi.com
전자우편/literat@changbi.com

ⓒ 조정권 2005
ISBN 978-89-364-2246-2 03810